# 单片机原理及应用技术

刘建华　张静之　等编著

上海科学技术出版社

**图书在版编目(CIP)数据**

单片机原理及应用技术/刘建华,张静之编著.—上海:上海科学技术出版社,2010.6

ISBN 978-7-5478-0234-2

Ⅰ.①单... Ⅱ.①刘...②张... Ⅲ.①单片微型计算机 Ⅳ.①TP368.1

中国版本图书馆 CIP 数据核字(2010)第 070409 号

上海世纪出版股份有限公司
上 海 科 学 技 术 出 版 社 出版、发行

(上海钦州南路 71 号 邮政编码 200235)

新华书店上海发行所经销

苏州望电印刷有限公司印刷

开本 787×1092 1/16 印张 7

字数:150 千字

2010 年 6 月第 1 版 2010 年 6 月第 1 次印刷

ISBN 978-7-5478-0234-2/TP·9

定价:20.00 元

---

# 内 容 提 要

本书以美国Intel公司的MCS－51系列单片机为介绍对象，全面详细介绍了单片机的结构原理与应用技术。其中第一章介绍单片机的概念、组成特点及应用范围，重点介绍MCS－51系列单片机及其引脚功能；第二章介绍单片机指令基本格式与指令系统及指令应用方法；第三章介绍单片机汇编语言程序设计中常用的伪指令，以及汇编语言程序设计的编程思路与编程方法；第四章介绍中断概念、中断源、单片机中断系统及其应用；第五章介绍单片机内部的定时/计数器结构、方式控制字及定时/计数器的应用方法；第六章介绍串行通信基础知识、MCS－51系列单片机串行接口的控制方法及串行口的工作方式；第七章介绍单片机的I/O扩展、键盘接口技术、LED数码管显示接口技术；附录介绍了Keil μVsion2软件的集成开发环境。

本书可作为计算机、通信、电子、自动化等行业相关人员的参考书，也可作为单片机技术培训教材，同时适合初学者及单片机爱好者自学。

# 前　言

本书以美国 Intel 公司的 MCS－51 系列单片机为介绍对象，全面介绍单片机的结构原理与应用技术。其中第一章介绍单片机的概念、组成特点及应用范围，重点介绍 MCS－51 系列单片机及其引脚功能；第二章介绍单片机指令基本格式与指令系统及指令应用方法；第三章介绍单片机汇编语言程序设计中常用的伪指令，以及汇编语言程序设计的编程思路与编程方法；第四章介绍了中断概念、中断源、单片机中断系统及其应用；第五章介绍单片机内部的定时/计数器结构、方式控制字及定时/计数器的应用方法；第六章介绍串行通信基础知识、MCS－51 系列单片机串行接口的控制方法及串行口的工作方式；第七章介绍单片机的 I/O 扩展、键盘接口技术、LED 数码管显示接口技术；附录介绍了 Keil μVsion2 软件的集成开发环境。

本书第一章～第三章由上海工程技术大学高职学院刘建华编写；第四章～第六章由张静之编写；第七章由满国栋编写；附录由郝立果编写。在本书编写过程中，得到了张孝三老师的多方面指导，在此表示衷心的感谢。本书编写过程中参考了其他一些书刊，并引用了一些资料，在此一并表示感谢。由于作者水平有限，书中难免有不足之处，恳请读者批评指正。

编　者

2010 年 3 月

# 目　录

# 第一章　认识单片机

## 第一节　单片机的组成及应用

### 一、单片机概念

随着大规模集成电路技术和计算机技术的飞速发展，把计算机的运算器和控制器（即CPU）、存储器和多种接口集成在一块芯片上称为微处理器（Microprocessor），也叫微控制器，习惯上叫单片机。

单片机自从1975年诞生以来，经历了30多年的发展。目前，单片机的品种已达60多个系列，300多种型号。就字长而言，单片机主要有4位、8位、16位和32位等几种。

### 二、单片机的组成与特点

随着计算机微型化的需要，把微型计算机的中央处理器（CPU）、存储器、输入/输出（I/O）接口等基本功能部件集成在一块半导体芯片上，即成为单片机。单片机除了具备一般微型计算机功能外，为了增强实时控制能力，绝大部分单片机的芯片上还集成有定时器/计数器，某些单片机还带有A/D转换器等功能部件，使单片机能满足多功能控制的要求。

单片机的特点之一是具有非常有效的控制功能。单片机不但是有效的数据处理机，而且是一个功能很强的过程控制机，只要加上少量的输入/输出设备或驱动电路，就可构成一个实用系统，满足各种应用领域的需要，把硬件功能软件化。

所以，单片机具有集成度高、体积小、功耗低、系列齐全、功能扩展容易、使用灵活方便、抗干扰能力强、性能可靠、价格低廉等特点。

### 三、单片机的应用

由于单片机具有上述特点，特别是具有强大的、面向控制的能力，使它在工业控制、智能仪表、外设控制、家用电器、机器人、军事装置等方面得到广泛的应用。

单片机的主要应用领域有以下几方面：

1．智能化产品

单片机与传统的机械产品相结合，使传统的机械产品结构简单化、控制智能化，构成新一代的机电一体化产品。目前，广泛应用于：工业自动控制领域，如数控机床、可编程序控制、电机控制、工业机器人、离散与连续过程自动控制等；家用电器领域，如微波炉、电视机、录像机、音响设备、游戏机等；办公设备领域，如传真机、复印机等；电讯技术领域，如调制解调器、声像处理、数字滤波、智能线路运行控制；在电传、打印机设计中，由于采用了单片机，取代了近千个机械部件；用单片机控制空调机，使制冷量无级调节的优点得到了充分的发挥，并增加了多种报警与控制功能；用单片机实现了通信系统中的临时监控、自适应控制、频率合成、信道搜索等，构成了自动拨号无线电话网、自动呼叫应答设备及程控调度电话分机等。

2. 智能化仪表

原有的测量、控制仪表引入单片机后，能促进仪表向数字化、智能化、多功能化、综合化、柔性化方向发展，并使监测、处理、控制等功能一体化，使仪表重量大大减轻，性价比提高。长期以来，测量仪器中的误差修正、线性化处理等难题迎刃而解。

3. 智能化测控系统

测控系统的特点是工作环境恶劣、各种干扰繁杂，且要求进行实时控制，要求检测与控制系统工作稳定、可靠、抗干扰能力强，单片机较适合应用于该领域，可以构成各种工业检测控制系统，如温室人工气候控制、电镀生产线自动控制等。

在导航控制方面，如导弹控制、鱼雷制导、智能武器装置、航天导航系统等领域发挥了极大的作用。

4. 智能化接口

采用单片机专门对接口设备进行控制和管理，使主机和单片机能并行工作，可提高系统的运算速度，且单片机还可以对接口处进行预处理，如数字滤波、线性化处理、误差修正等，减少主机和接口界面的通信密度，提高接口控制管理的水平。如在通信接口中，采用单片机可以对数据进行编码解码、分配管理、接收/发送控制等。

## 第二节 MCS－51系列单片机及其引脚功能

MCS－51系列是Intel公司推出的高档8位单片机，该系列包括基本型8051/8751/8031、强化型8052/8032、改进型8044/8344/8744、超级型83C252/87C252/80C252等。

MCS－51采用HMOS工艺，片内集成有8位CPU，驻留4K字节ROM（8031片内无ROM）和128字节RAM以及21个特殊功能寄存器，片内还包括两个16位定时器/计数器、1个全双工串行I/O口（UART）、32条I/O线、5个中断源和两级中断，寻址能力达128K字节（其中程序存储器ROM和数据存储器RAM各64K字节）。指令系统中设置了乘、除运算指令，数据查找指令和位处理指令等。主时钟频率为12MHz时，大部分指令周期只需1μs，乘除指令仅需4μs。

强化型8052与基本型8051不同的是片内ROM增加到8K字节，RAM增加到256字节，16位的定时器/计数器增加到3个，串行接口（UART）的通信速率快6倍。

改进型8X44系列是在基本型上用一种新的串行接口SIU取代UART。SIU是一个HDLC/SDLC通信控制器，属于SIO的通信标准，通信软件已固化在器件内。由于SIU采用两根I/O线的串行通信方式，因而适宜远距离通信和网络接口。

采用CMOS工艺的8XC51系列，其基本结构和功能与基本型相同。87C51和8XC252还具有两级程序保密系统，可禁止外部对片内ROM的程序进行读取，为用户提供了一种保护软件不被窃取的有效手段，且功耗极低。

超级型8XC252系列是超8位单片机。它们的结构、引脚和指令与MCS－51系列完全相同,还具有 MCS-96 系列高速输入/输出(HIS/O),脉冲宽度调制 PWM 和 1 个可做加减计数的定时器及 1 个可做编程计数器库阵列,适用于串行口的场错误检测和自动地址识别。

51 系列单片机由 Intel 公司转让技术给 Philips 公司后,生产了很多其他型号,产品性能也有所提高。

ATMEL 公司生产了 AT89C51、AT89C52 和 AT89C1051、AT89C2051 等单片机,这些单片机片内采用可加密闪速存储器,性能优良,性价比极高,在我国被大量使用。

8051 单片机的外形采用 40 条引脚双列直插封装(DIP)或 LCC/QFP 封装,其引脚和逻辑符号如图 1-1 所示。

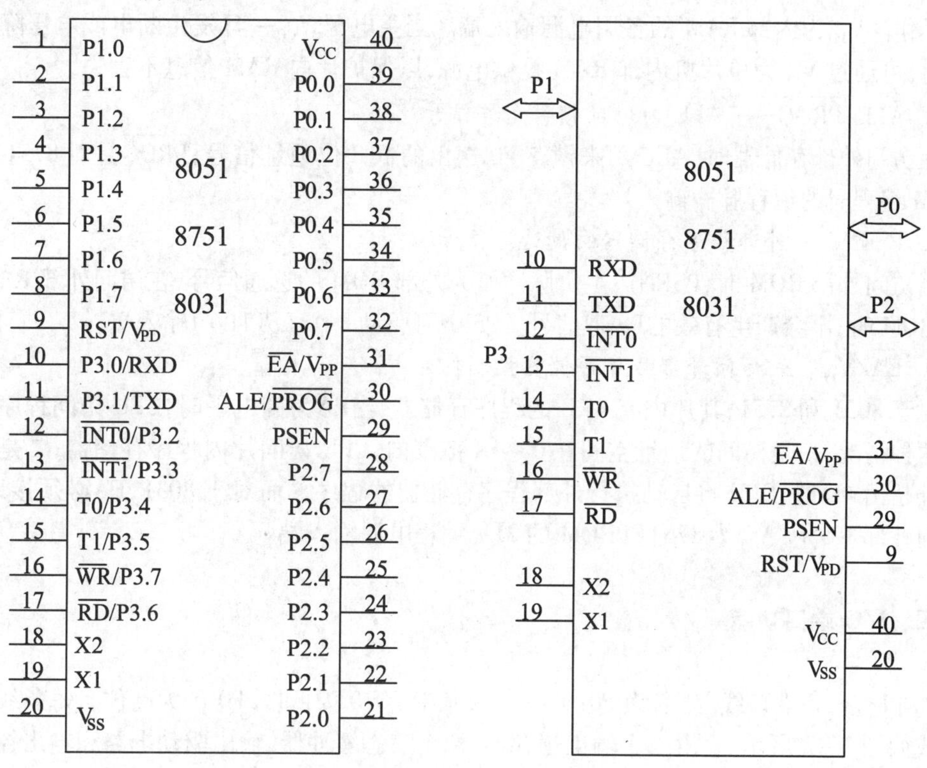


图 1-1 8051 单片机的引脚功能和逻辑符号

MCS-51 因为受到集成电路芯片引脚数目的限制,所以许多引脚具有双功能。本节只讲解第一功能,其第二功能将在具体应用时讲解。各引脚功能简要说明如下。

## 一、主电源引脚 $V_{CC}$和 $V_{SS}$

1. $V_{CC}$电源输入端

$V_{CC}$电源输入端工作电源和编程校验(8051/8751)为 +5V。

2. $V_{SS}$(GND)接共用地端

$V_{SS}$(GND)接共用地端,每个电路芯片都少不了直流电源。

## 二、时钟振荡电路引脚 XTAL1 和 XTAL2

XTAL1 和 XTAL2 分别用做晶体振荡电路的反相器输入和输出端。在使用内部振荡电路时，这两个端子用来外接石英晶体，振荡频率为晶体振荡频率，振荡信号送至内部时钟电路产生时钟脉冲信号，给单片机提供工作节拍，可看作单片机的主频。

### 三、控制信号引脚 RST/$V_{PD}$、ALE/$\overline{PORG}$、$\overline{PSEN}$和$\overline{EA}$/$V_{PP}$

由于单片机很多引脚使用方法相同，常把其引脚分为控制总线、地址总线、数据总线，总线是指一类在使用方法上功能相同的引脚。ALE/RST/EA/PSEN可看成 4 条控制总线。

1. RST/$V_{PD}$——RST 为复位信号输入端

当 RST(RESET)端保持两个机器周期(24 个时钟周期)以上的高电平时，使单片机完成复位操作。$V_{PD}$为内部 RAM 的备用电源输入端。当主电源 $V_{CC}$一旦发生断电或电压降到一定值时，可通过 $V_{PD}$为单片机内部 RAM 提供电源，以保护片内 RAM 信息不丢失。

2. ALE/$\overline{PROG}$——ALE 为地址锁存允许信号

在访问外部存储器时，ALE 用来锁存 P0 送出的低 8 位地址信号，$\overline{PROG}$是对 8751 内部 EPROM 编程时的编程脉冲输入端。

3. $\overline{PSEN}$——外部程序存储器的读选通信号

当访问外部 ROM 时，$\overline{PSEN}$产生负脉冲作为外部 ROM 的选通信号，在访问外部 RAM 或片内 ROM 时，不会产生有效的$\overline{PSEN}$信号。$\overline{PSEN}$可驱动 8 个 LSTTL 门输入端。

4. $\overline{EA}$/$V_{PP}$——访问外部程序存储器控制信号

对于 8051 和 8751，其片内有 4KB 的程序存储器，当$\overline{EA}$为高电平时，CPU 访问程序存储器有两种情况：一是访问的地址空间在 0～4K 范围内，CPU 访问片内程序存储器；二是访问的地址超出 4K 时，CPU 将自动执行外部程序存储器的程序。而对于 8031，$\overline{EA}$必须接地，只能访问外部 ROM。$V_{PP}$为 8751EPROM 的 21V 编程电源输入端。

### 四、I/O 端口功能

1. P0 口

P0 口有 8 条端口线，命名为 P0.0～P0.7，其中 P0.0 为低位，P0.7 为高位。每条线的结构组成如图 1－2 所示，它由一个输出锁存器、两个三态缓冲器、输出驱动电路和输出控制电路组成。

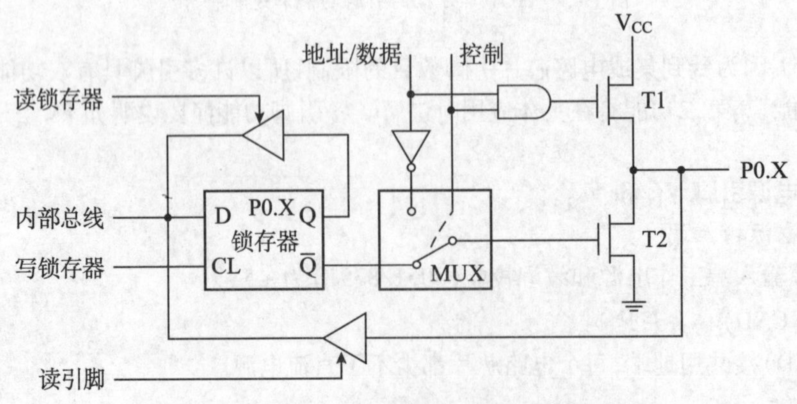


图 1－2 P0 口结构图

P0 口是一个三态双向 I/O 口，它有两种不同的功能，用于不同的工作环境。P0 口第一功能是一个 8 位漏极开路型的双向 I/O 口，这时 P0 口可看成是用户数据总线；其第二功能是在访问外部存储器时，先提供低 8 位地址后提供 8 位双向数据总线，这时先作地址总线再作数据总线（引脚的分时复用是计算机芯片节省引脚的基本方法）。同样的引脚在不同的时间或不同的地方作不同的用途，初学者应注意这个用法。

2. P1 口

P1 口有 8 条端口线，命名为 P1.0 ~ P1.7，每条线的结构组成如图 1 - 3 所示。

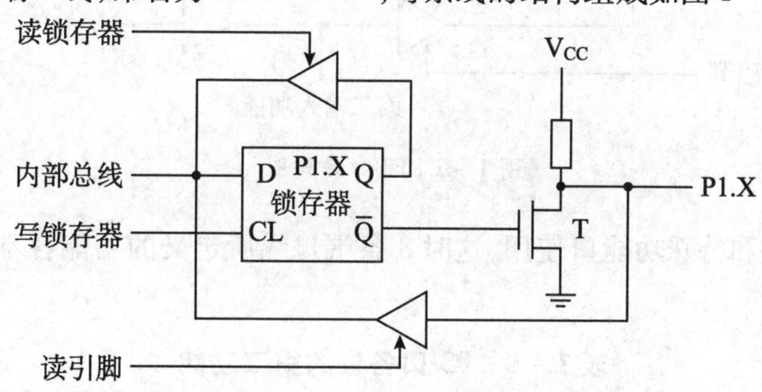


图 1 - 3　P1 口结构图

P1 口是一个准双向口，只作普通的 I/O 使用，其功能与 P0 口的第一功能相同。作输出口使用时，由于其内部有上拉电阻，所以无须外接上拉电阻；作输入口使用时，必须先向锁存器写入“1”，使场效应管 T 截止，然后才能读取数据。

3. P2 口

P2 口有 8 条端口线，命名为 P2.0 ~ P2.7，每条线的结构组成如图 1 - 4 所示。

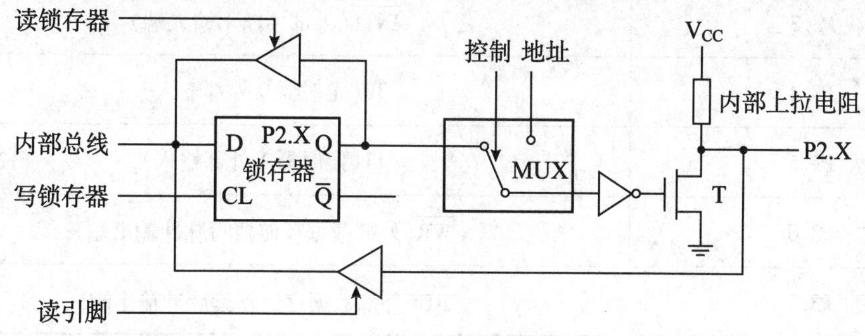


图 1 - 4　P2 口结构图

P2 口也是一个准双向口，其使用功能如下：一是当系统不扩展外部存储器时，作普通 I/O使用，功能和原理与 P0 口第一功能相同，只是作为输出口时无须外接上拉电阻；二是当系统外扩存储器时，P2 口作系统扩展的地址总线口使用，输出高 8 位的地址 A7 ~ A15，与 P0 口第二功能输出的低 8 位地址相配合，共同访问外部程序或数据存储器（64KB），但它只确定地址，并不能像 P0 口那样还可以传送存储器的读写数据。

4. P3 口

P3 口有 8 条端口线，命名为 P3.0 ~ P3.7，每条线的结构组成如图 1 - 5 所示。

P3 口是一个多用途准双向口。第一功能是作普通 I/O 使用，功能和原理与 P1 口相同；

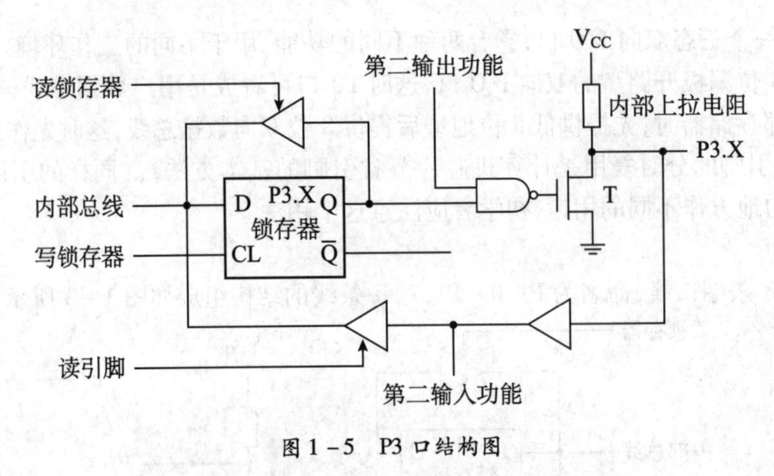


图 1－5 P3 口结构图

第二功能是作控制和特殊功能口使用,这时 8 条端口线所定义的功能各不相同,如表 1－1 所示。

**表 1－1 P3 口各位的第二功能**

| P3 口引脚 | 第二功能 |
|---|---|
| P3.0 | RXD(串行输入口) |
| P3.1 | TXD(串行输出口) |
| P3.2 | $\overline{\text{INT0}}$(外部中断 0 输入端) |
| P3.3 | $\overline{\text{INT1}}$(外部中断 1 输入端) |
| P3.4 | T0(定时器 0 外部输入) |
| P3.5 | T1(定时器 1 外部输入) |
| P3.6 | $\overline{\text{WR}}$(外部数据存储器写脉冲输出端) |
| P3.7 | $\overline{\text{RD}}$(外部数据存储器读脉冲输出脚) |

P0～P3 口可作为普通 I/O 使用。当作为输入口使用时,必须先向该口的锁存器中写入“1”,然后从读引脚缓冲器中读入引脚状态,这样的读入结果才正确。

【例 1－1】 用 P1.0、P1.1 作输入接两个拨断开关,P1.2、P1.3 作输出接两个发光二极管。程序读取为开关状态,并在发光二极管上显示出来。

用导线连接 P1.0、P1.1 到两个拨断开关,P1.2、P1.3 到两个发光二极管。控制流程图如图 1－6 所示,P1 口是准双向口,它作为输出口时与一般的双向口使用方法相同。由准双向口结构可知,当 P1 口为输入口时,必须先对它置“1”(若不对它置“1”,读入的数据将不正确)。根据控制流程图编写的源程序如图 1－7 所示。

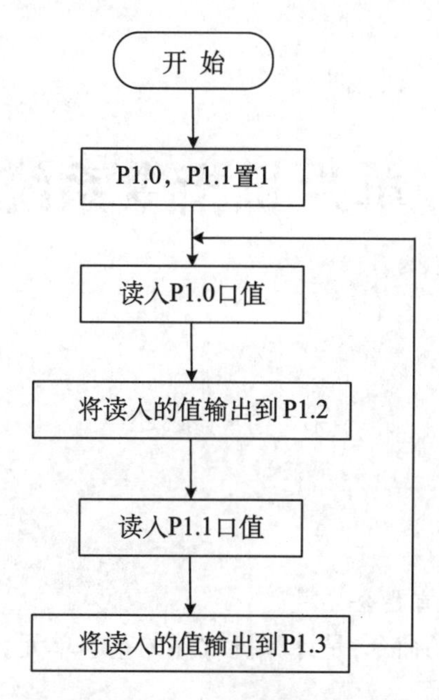


图 1－6　控制流程图

```
KEYLEFT        EQU P1. 0                         :定义
KEYRIGHT       EQU P1. 1
LEDLEFT        EQU P1. 2
LEDRIGHT       EQU P1. 3
SETB           KEYLEFT                           :欲读先置“1”
SETB           KEYRIGHT
LOOP:      MOV        C. KEYLEFT
           MOV        LEDLEFT. C
           MOV        C. KEYRIGHT
           MOV        LEDRIGHT. C
           LJMP       LOOP
           END
```

图 1－7　源程序清单

# 第二章　单片机指令系统及应用

## 第一节　概述

### 一、指令的概念

1. 机器码指令与汇编语言指令

指令是指挥计算机工作的命令,是计算机软件的基本单元。常见指令有如下两种表达形式。

(1) 机器码指令:用二进制代码(或十六进制数)表示的指令称为机器码指令或目标代码指令。

(2) 汇编语言指令:为了方便记忆,便于程序的编写和阅读,用助记符来表示每一条指令的功能。用助记符表示的指令不能被计算机硬件直接识别和执行,必须通过汇编把它变成机器码指令才能被机器执行。

2. 汇编语言指令格式

指令格式是指令的书面表达形式,汇编语言指令格式为:

[标号]:操作码助记符 [目的操作数],[源操作数];[注释]

其每一部分构成汇编指令的一个字段,各字段之间用空格或规定的标点符号隔开,方括号内的字段有时可以省略,汇编指令各字段之间的标点符号应严格按照规定格式书写,如图2-1所示。

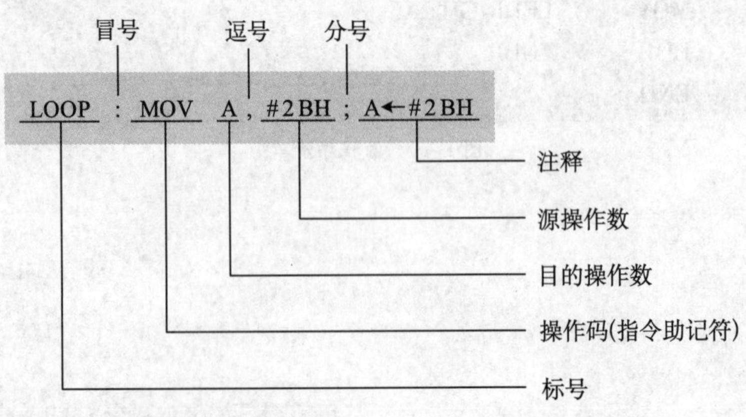


图2-1　指令格式

各字段的意义如下:

（1）标号:是指令的符号地址,它通常代表一条指令机器代码存储单元的地址。一条语句之前是否要冠以标号,应根据程序的需要而定。当某条指令可能被调用或作为转移的目的地址时,通常要给该指令赋予标号。一旦给某条指令赋予了标号,该标号可作为其他指令的操作数使用。

（2）操作码:操作码表示指令进行何种操作,用助记符形式给出。助记符一般为英语单词的缩写,图 2－1 中的 MOV 意为传送。

（3）操作数:操作数是指令操作的对象,可分为目的操作数和源操作数,目的操作数和源操作数的书写顺序不能颠倒。英文习惯先写目的操作数,操作数可以是数字(地址、数据),也可以是标号或寄存器名等,也有些指令不需要指明操作数。

（4）注释:注释是对指令功能的说明,便于程序的阅读和维护,它不参与计算机的操作。

3. 指令系统

单片机所有指令的集合称为指令系统。指令系统与计算机硬件逻辑电路有密切关系,它是表征计算机性能的一个重要指标,不同微处理器的指令系统不同,同一系列不同型号微处理器的指令系统基本相同。

MCS－51 系列单片机使用 42 种助记符,有 51 种基本操作,通过助记符及指令的源操作数和目的操作数的不同组合构成了 MCS－51 的 111 条指令。

MCS－51 指令系统按字节数分为单字节指令 49 条,双字节指令 46 条,三字节指令 16 条;按指令执行周期划分为一周期指令 57 条,二周期指令 52 条,四周期指令 2 条(乘法和除法)。当主频为 12MHz 时,单周期指令的执行时间为 1μs。

4. 指令系统常用符号说明

在 MCS－51 汇编指令系统中,规定了一些指令格式描述中的常用符号,其符号和含义说明如表 2－1 所示。

表 2－1　常用符号及含义

| 符　号 | 含　义 |
|---|---|
| Rn | 选定当前寄存器区的寄存器 R0 ~ R7 |
| @Ri | 通过寄存器 R0 和 R1 间接寻址的片内 RAM 单元,@为间接寻址前缀符号,i=0 或 1 |
| direct | 直接地址,一个内部 RAM 单元地址(8 位二进制数)或一个特殊功能寄存器 |
| #data | 8 位或 16 位常数,亦称立即数,#为立即数前缀符号 |
| Addr16 | 16 位目的地址,供 LCALL 和 LJMP 指令使用 |
| Addr11 | 11 位目的地址,供 ACALL 和 AJMP 指令使用 |
| rel | 8 位带符号偏移量(以二进制补码表示),常用于相对转移指令 |
| bit | 位地址 |
| / | 位操作前缀,表示该位内容求反 |
| (x) | 表示 x 地址单元中的内容 |
| ((x)) | 表示以 x 地址单元中的内容为地址的单元内容 |

（续表）

| 符 号 | 含 义 |
| --- | --- |
| $ | 当前指令地址 |
| → | 数据传输方向 |

## 二、寻址方式

指令的一个重要组成部分是操作数，由它指定参与运算的数据或数据所在存储器单元或寄存器或I/O接口的地址。指令中规定的寻找操作数的方式就是寻址方式，每一种操作都有多种寻址方式，寻址方式越多，计算机的功能越强，灵活性越大。寻址方式的多少及寻址功能是反映指令系统优劣的主要因素之一。

要掌握指令系统也可从寻址方式入手。MCS－51指令系统的寻址方式有7种：立即寻址、寄存器寻址、间接寻址、直接寻址、变址寻址、相对寻址和位寻址。

1. 立即寻址（#data）

操作数包含在指令字节中，即操作数直接出现在指令中，并存放在程序存储器中，这种方式称为立即寻址。

立即寻址指令的操作数是一个8位或16位的二进制常数，前面以“#”号标识，例如：MOV 30H，#56H，表示将立即数#56H传送到地址为30H的单元中，如图2－2所示。

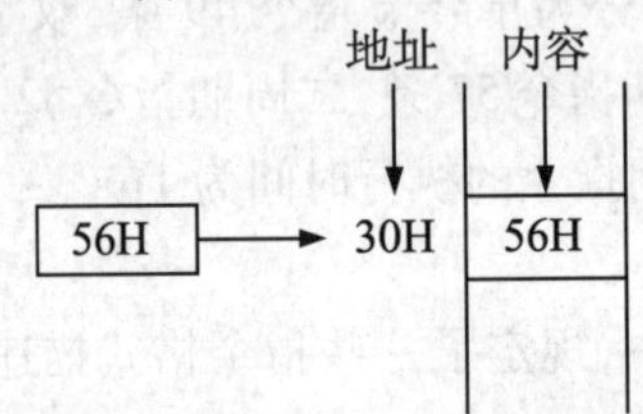


图2－2 立即寻址示意图

2. 寄存器寻址（Rn）

由指令指出某一个寄存器中的内容作为操作数，这种寻址方式称为寄存器寻址。在该寻址方式中，指令操作码中包含了参加操作的工作寄存器R0～R7的代码，也可以是A、B、DPTR等寄存器。例如：MOV 30H，A，表示将累加器A中的内容传送到地址为30H的单元中，如图2－3所示。

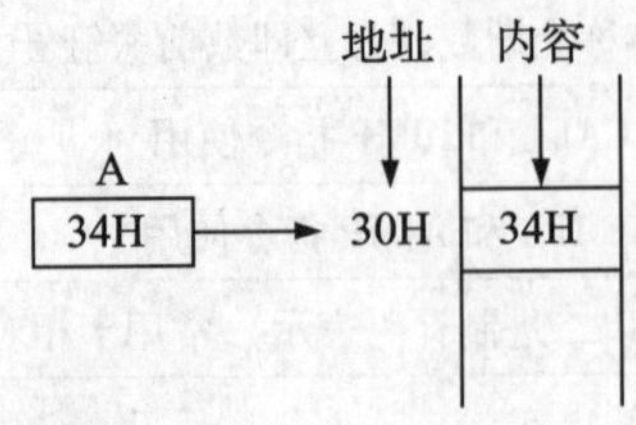


图2－3 寄存器寻址示意图

3. 间接寻址（@Ri/@DPTR）

由指令指出某一个寄存器内容作为操作数的地址，这种寻址方式称为寄存器间接寻址。

访问外部 RAM 时,可使用 R0、R1 或 DPTR 作为地址指针,寄存器间接寻址用符号“@”表示。

例如:MOV A,@R1 指若 R1 内容为 20H(内部 RAM 地址单元 20H),而 20H 单元中内容是 3AH,则指令的功能是将 3AH 送到累加器 A 中,如图 2-4 所示。

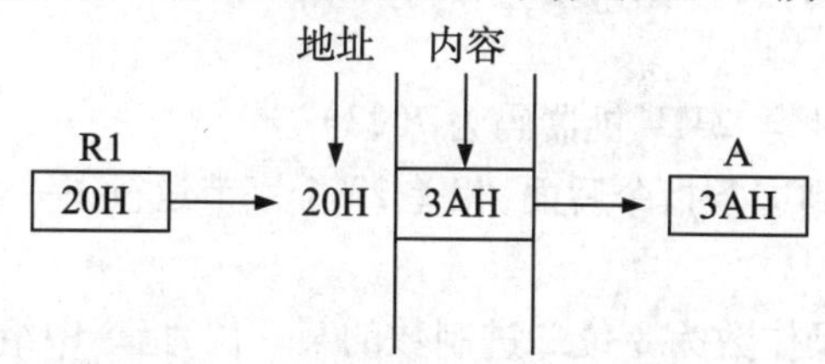


图 2-4 间接寻址示意图

4. 直接寻址(direct)

在指令中直接给出操作数所在存储单元的地址(一个 8 位二进制数)称为直接寻址。直接地址用 direct 表示,用于内部数据存储器的 128 个字节单元(00H ~ 7FH)。例如:MOV A,20H,表示将地址为 20H 单元中的内容传送到累加器 A 中,如图 2-5 所示。

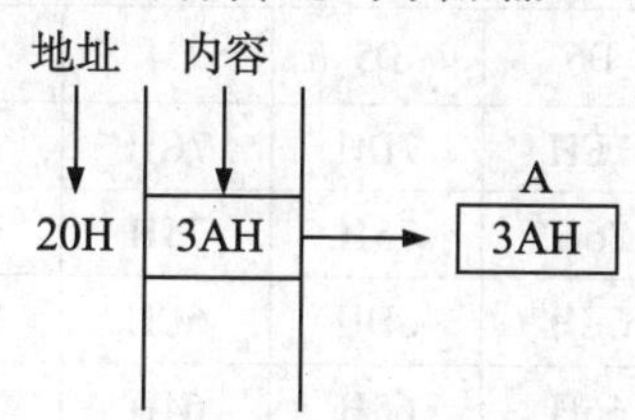


图 2-5 直接寻址示意图

5. 变址寻址(@A+PC/@A+DPTR)

以 16 位寄存器(DPTR 或 PC)作为基址寄存器,加上地址偏移量(累加器 A 中的 8 位无符号数)形成操作数的地址。变址寻址方式有以下两类。

(1) 以程序计数器的值为基址,例如指令:

MOVC A,@A+PC; ;(A)←((A)+(PC))

指令的功能是先将 PC 指向本指令下一条指令地址(本指令已完成),然后 PC 地址与累加器内容相加,形成变址寻址的单元地址内容送 A 中。

(2) 以数据指针 DPTR 为基址,以数据指针内容和累加器内容相加形成地址,例如:

MOV DPTR #4000H;给 DPTR 赋值

MOV A,#10H ;给 A 赋值

MOVC A ,@A+DPTR ;变址寻址方式(A)←((A)+(DPTR))

三条指令的执行结果是将 4010H 单元内容送 A 中,如图 2-6 所示。

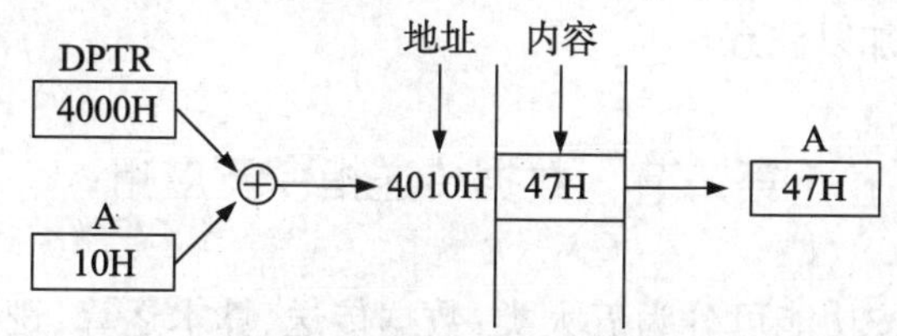


图 2-6 变址寻址示意图

6. 相对寻址(rel)

以程序计数器 PC 的当前值为基址,加上相对寻址指令的字节长度,再加上指令中给定偏移量 rel 的值(rel 是一个 8 位带符号数,用二进制补码表示)形成相对寻址的地址。例如指令:

JNZ rel　　(或 rel = 23H,机器码为 7023)

当 A≠0 时,程序跳到这条指令后面,相差 23 个字节运行下一条指令。

7. 位寻址

位寻址是指指令的操作数为 8 位二进制数的某一位,指令中给出的是操作数的位地址。可用于位寻址的区域是片内 RAM 20H ~ 2FH 单元和部分特殊功能寄存器。内部 RAM 的 20H ~ 2FH 为位寻址区域,共 128 位(0 ~ 7FH),用于存放各种程序标志、位控制变量,如表 2 - 2所示。此寻址区也可存放数据,CPU 可按字节操作,也可按位操作。

**表 2 - 2　内部 RAM 的 20H ~ 2FH 为位寻址区域**

| 字节地址 | 位地址 | | | | | | | |
|---|---|---|---|---|---|---|---|---|
| | D7 | D6 | D5 | D4 | D3 | D2 | D1 | D0 |
| 2FH | 7FH | 7EH | 7DH | 7CH | 7BH | 7AH | 79H | 78H |
| 2EH | 77H | 76H | 75H | 74H | 73H | 72H | 71H | 70H |
| 2DH | 6FH | 6EH | 6DH | 6CH | 6BH | 6AH | 69H | 68H |
| 2CH | 67H | 66H | 65H | 64H | 63H | 62H | 61H | 60H |
| 2BH | 5FH | 5EH | 5DH | 5CH | 5BH | 5AH | 59H | 58H |
| 2AH | 57H | 56H | 55H | 54H | 53H | 52H | 51H | 50H |
| 29H | 4FH | 0EH | 0DH | 0CH | 0BH | 0AH | 09H | 08H |
| 28H | 47H | 46H | 45H | 44H | 43H | 42H | 41H | 40H |
| 27H | 3FH | 3EH | 3DH | 3CH | 3BH | 3AH | 39H | 38H |
| 26H | 37H | 36H | 35H | 34H | 33H | 32H | 31H | 30H |
| 25H | 2FH | 2EH | 2DH | 2CH | 2BH | 2AH | 29H | 28H |
| 24H | 27H | 26H | 25H | 24H | 23H | 22H | 21H | 20H |
| 23H | 1FH | 01EH | 1DH | 1CH | 1BH | 1AH | 19H | 18H |
| 22H | 017H | 16H | 15H | 14H | 13H | 12H | 11H | 10H |
| 21H | 0FH | 0EH | 0DH | 0CH | 0BH | 0AH | 09H | 08H |
| 20H | 07H | 06H | 05H | 04H | 03H | 02H | 01H | 00H |

综上所述,寻址方式与存储器结构有密切关系,一种寻址方式只适合于对一部分存储器进行操作,在使用时要加以注意。

## 第二节　数据传送指令及应用

MCS - 51 的指令按功能可分为五大类:数据传送、算术运算、逻辑运算、控制转移和布尔指令。

数据传送分片内数据传送、片外数据传送、堆栈操作、数据交换四部分。

## 一、内部 RAM 数据传送

指令:MOV 目的操作数,源操作数

功能:字节变量传送。

说明:将第二操作数(源操作数)指定的字节变量传送到由第一操作数(目的操作数)所指定的地址单元中,不改变源字节的内容,不影响 PSW 中的标志位。

此类指令参与的源操作数和目的操作数有#data/A/Rn/@ Ri/direct 五个,通过不同组合,共有 16 条指令,如表 2-3 所示。

表 2-3 内部 RAM 数据传送

| 指令名称 | 助 记 符 | 操 作 功 能 |
|---|---|---|
| 原操作数为立即数的传送指令 | MOV A,#data | data→A |
| | MOV Rn,#data | data→ Rn |
| | MOV @ Ri,#data | data→(Ri) |
| | MOV direct,#data | data→direct |
| | MOV DPTR,#data | data→DPTR |
| 片内数据存储器寄存器寻址的传送指令 | MOV A,Rn | (Rn)→ A |
| | MOV Rn,A | (A)→Rn |
| | MOV direct,Rn | (Rn)→direct |
| | MOV Rn,direct | (direct)→Rn |
| 片内数据存储器寄存器间接寻址的传送指令 | MOV A,@ Ri | ((Ri))→A |
| | MOV @ Ri,A | (A)→(Ri) |
| | MOV direct,@ Ri | ((Ri))→direct |
| | MOV @ Ri,direct | (direct)→(Ri) |
| 片内数据存储器寄存器直接寻址的传送指令 | MOV A,direct | (direct)→A |
| | MOV direct,A | A→(direct) |
| | MOV direct2,direct1 | (direct1)→direct2 |

【例 2-1】执行如图 2-7 所示程序后,试分析 A、B 和 R0 的内容是什么?

```
MOV 30H,#60H
MOV R0,#30H
MOV A,30H
MOV B,#30H
MOV @ R0,A
```

图 2-7 例 2-1 程序

解:(1) 执行 MOV 30H,#60H

该指令为立即寻址,将16进制数60H传入30H地址中,即(30H)=60H。

(2) 执行 MOV R0,#30H

该指令为寄存器寻址,将16进制数30H传入寄存器R0中,即(R0)=30H。

(3) 执行 MOV A,30H

该指令直接寻址,将30H地址中内容传入累加器A中,即(A)=(30H)=60H。

(4) MOV B,#30H

该指令为立即寻址,将16进制数30H传入寄存器B中,即(B)=30H。

## 二、外部 RAM 数据传送

MCS-51单片机专用于访问外部数据存储器的指令有6条,如表2-4所示。

**表2-4 外部 RAM 数据传送指令**

| 指令名称 | 助记符 | 操作功能 |
|---|---|---|
| 外部 RAM 或 ROM 与累加器之间的传送指令 | MOVX A,@DPTR | ((DPTR))→A |
| | MOVX @DPTR,A | (A)→(DPTR) |
| | MOVX A,@Ri | ((P2)+(Ri))→A |
| | MOVX @Ri,A | (A)→(P2)+(Ri) |
| | MOVC A,@A+PC | ((A)+(PC))→A |
| | MOVC A,@A+DPTR | ((A)+(DPTR))→A |

单片机与外部数据存储器数据传送采用两种寻址方式(都是间接寻址):一种是单字节寻址@Ri,一种是双字节寻址@DPTR。另一个操作数是A,共有4条指令。

(1) 选择单字节寻址,以当前寄存器区的R0或R1的内容作低8位地址,地址与数据分时从P0口输出,高8位地址由P2口默认给出,这种地址形式最多可访问256个外部RAM存储单元。

如果与存储器扩展电路相配合,用P2口输出高位地址,那么,使用单字节MOVX指令,也能在64KB地址范围内访问外部RAM。

(2) 选择双字节地址,由数据指针产生外部RAM的16位地址,P2口输出高8位地址(DPH内容),P0口分时输出低8位地址(DPL内容)或数据,这种地址形式可以访问64KB外部RAM存储空间。

这两种地址形式可以混合使用,即通过@Ri地址形式选择一个小的RAM阵列(256字节)而通过@DPTR地址选择较大的RAM空间,从而实现在外部RAM之间的数据传送。

在进行外部RAM的数据传送时,单片机将向外部发出(RD)或写(WR)控制号。

【例2-2】将单片机外RAM 2000H单元内容送入片内RAM 20H单元中。

```
MOV DPTR,#2000H
MOVX A,@DPTR;片外2000H单元内容→累加器A
MOV 20H,A;(A)→片内20H单元
```

【例2－3】将单片机外RAM 1000H单元内容送入片内RAM 2000H单元中。

```
MOV DPTR,#1000H ;地址指针指向1000H
MOVX A,@DPTR    ;将1000H单元内容送入A
MOV DPTR,#2000H ;地址指针指向2000H
MOVX @DPTR,A    ;将累加器A的内容送入2000H单元
```

【例2－4】将数据23H传送给地址为3208H的外部单元存储器。

方法一：

```
MOV DPTR,#3208H ;地址指针指向3208H
MOVX A,#23H     ;将16进制数23H送入A
MOVX @DPTR,A    ;将累加器A的内容23H送入3208H单元
```

方法二：

```
MOV P2,#32H ;送高8位地址
MOV R0,#08H ;送低8位地址
MOV A,#23H  ;将16进制数23H送入A
MOVX @R0,A ;将累加器A的内容23H送入3208H单元
```

## 三、堆栈操作指令

堆栈是在内部RAM中开辟的一端相对固定、一端活动的存储空间,活动端称为栈顶,固定端称为栈底,所有数据的存入和取出都从栈顶进行。堆栈主要用于数据保护。

在AT89C51中,堆栈是自底向上生成的,寄存器SP始终指向栈顶地址。复位时,SP的初值为07H,但这个初值可以通过“MOV SP,#DATA”语句来修改,以确定堆栈的使用空间。堆栈操作指令有2条,如表2－5所示。

**表2－5　堆栈操作指令**

| 指令名称 | 助记符 | 操作功能 |
| --- | --- | --- |
| 进栈指令 | PUSH direct | (SP)+1→SP<br>(direct)→(SP) |
| 出栈指令 | POP direct | ((SP))→(direct)<br>(SP)－1→SP |

1. 进栈指令

指令:PUSH direct

功能:把程序的中间数据送入堆栈,称为进栈,为直接寻址。

说明:首先堆栈指针自动加1,执行SP←(SP)+1将堆栈指针移向堆栈中的无数据字节,然后将直接地址(direct)单元的内容送入SP所指向的堆栈单元中,执行(SP)←(direct)操作指令不影响标志位。

2. 出栈指令

指令:POP direct

功能:把堆栈中的中间数据送入目的字节,称为出栈。

说明:读出由栈指针寻址的内部 RAM 单元内容,送到指定的直接寻址字节,然后栈指针自动减 1,执行(direct)←((SP)),SP ←(SP) - 1 操作指令不影响标志位。

在执行堆栈操作时,应注意它们的操作对象。PUSH 和 POP 指令的执行过程中实际隐含着一个数据堆栈。PUSH 指令把堆栈作为目的地址,而 POP 指令则把堆栈作为源地址。进栈和出栈都是对堆栈而言。

【例 2 -5】执行下列指令,注意累加器 A 的变化。

```
MOV SP,#60H          ;设置堆栈初值
MOV A,#22H           ;22H 送入 A
PUSA A               ;将 22H 压入堆栈保存
RL A                 ;将累加器 A 的内容左循环一次
MOV R1,A             ;(A)→R1
POP A                ;将 22H 弹出并送入累加器中
```

## 四、数据交换指令

数据交换指令如表 2 -6 所示。其中 XCH 指令是将源操作数的值与目的操作数累加器 A 的值全字节交换;XCHD 指令是将源操作数与目的操作数累加器 A 低 4 位内容交换,而高 4 位不变。

表 2 -6 数据交换指令

| 指令名称 | 助记符 | 操作功能 |
|---|---|---|
| 数据交换指令 | XCH A,Rn | (A) ⟷(Rn) |
| | XCH A,direct | (A)⟷(direct) |
| | XCH A,@ Ri | (A) ⟷((Ri)) |
| | XCHD A,@ Ri | $(A_{3-0})$⟷$((Ri)_{3-0})$ |
| | SWAP A | $(A_{3-0})$⟷$(A_{7-4})$ |

SWAP A 的功能是将累加器高 4 位与低 4 位内容交换,即把累加器 A 的高半字节(D7 - D4)和低半字节(D3 - D0)内容互换,可看做一个 4 位循环移位指令,不影响标志位。SWAP A 指令主要用于 BCD 码数的转换操作,如图 2 -8 所示。

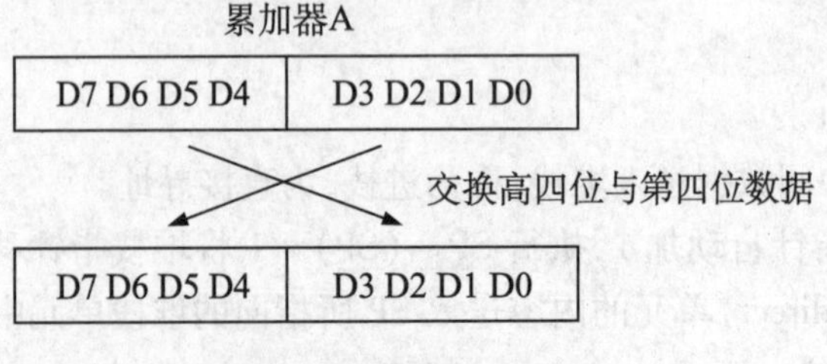


图 2 -8 SWAP A 指令

【例 2 -6】将 40H 和 41H 存储单元的内容进行交换。

方法一:交换前用一个存储单元作为暂存单元(此处采用30H存储单元进行),则

```
MOV 30H,41H
MOV 41H,40H
MOV,40H,30H
```

方法二:直接使用交换指令,通过累加器A进行交换,则

```
MOV A,41H
XCH A,40H
MOV 41H,A
```

注意:交换指令必须通过累加器A,不可以写成XCH 40H,41H。

【例2-7】设(A)=36H,(R0)=47H,(47H)=78H,分别执行下列指令,写出累加器A和各寄存器的值。

```
                    执行结果
① XCH A,R0       ;(A)=47H,(R0)=36H
② XCH A,@R0      ;(A)=78H,(47H)=36H
③ XCHD A,@R0     ;(A)=38H,(47H)=46H
④ SWAP A         ;(A)=63H
```

## 第三节 算术运算指令及应用

在MSC-51单片机指令系统中,提供了加、减、乘、除及加法BCD码调整指令,虽然这类指令(特别是加、减指令)操作比较灵活,但它们全是单字节操作。若要进行多字节算术运算,需要单独编程。

### 一、加法指令

如表2-7所示,加法指令分为不带进位加法指令ADD、带进位加法指令ADDC、加一指令INC及十进制调整指令DA等。

表2-7 加法指令

| 指令名称 | 助记符 | 操作功能 |
| --- | --- | --- |
| 不带进位加法指令 | ADD A,Rn | (A)+(Rn)→A |
| | ADD A,direct | (A)+(direct)→A |
| | ADD A,@Ri | (A)+((Ri))→A |
| | ADD A,#data | (A)+data→A |
| 带进位加法指令 | ADDC A,Rn | (A)+(Rn)+CY→A |
| | ADDC A,direct | (A)+(direct)+CY→A |
| | ADDC A,@Ri | (A)+((Ri))+CY→A |
| | ADDC A,#data | (A)+data+CY→A |

（续表）

| 指令名称 | 助记符 | 操作功能 |
| --- | --- | --- |
| 加一指令 | INC A | (A)+1→A |
| | INC Rn | (Rn)+1→Rn |
| | INC direct | (direct)+1→direct |
| | INC @Ri | ((Ri))+1→(Ri) |
| | INC DPTR | (DPTR)+1→DPTR |
| 十进制调整指令 | DA A | 对(A)进行十进制调整 |

1. 不带进位加法指令 ADD

ADD 是不带进位的加法运算指令，其功能是将累加器 A 的内容与源操作数的内容相加，结果送入累加器 A 中，源操作数指定单元的内容不变。如果位 7 或位 3 向高位进位，则分别将 PSW 的 C 和 AC 标志位置 1；否则清 0。此外，ADD 指令还将影响标志位 OV 和 P。

ADD 指令有 4 种源操作数寻址方式：寄存器寻址、直接寻址、寄存器间址和立即数寻址。当有两个操作数时，一个 A 作目的操作数，如表 2-7 所示。

无符号整数相加时，若 C 位为 1，说明和数有溢出（大于 255）。带符号数相加是否产生溢出，取决于和数位 6 和位 7 的进位情况。

有符号整数相加时，OV 位等于 1 表示两个正数相加变成负数（D7=1）或两个负数相加变成正数（D7=0）。

2. 带进位加法指令 ADDC

ADDC 指令功能是同时把源操作数所指出的内容、进位标志 CY 和累加器 A 的内容相加，结果存入累加器 A 中。ADDC 指令一般用于多字节加法运算，在该运算中，低字节加法结果可能产生进位，用 ADDC 指令可使高字节相加的同时加上低字节的进位。该指令执行结果影响标志位 CY、OV、AC、P。ADDC 指令有 4 种操作数寻址方式，相应的 4 条指令如表 2-7 所示。多字节数相加必须使用该指令，以保证低位字节的进位加到高位字节。

【例 2-8】将单片机 RAM 中地址为 41H、42H、43H 的三个单元内容相加，并将它们的和存入 32H 单元，若产生进位，则进位值存入 31H 单元。

```
MOV R3,#00H
MOV A,41H
ADD A,42H
MOV R2,A       ;两数之和暂存 R2
MOV A,#00H
ADDC A,R3      ;进位暂存 R3
MOV R3,A
MOV A,R2
ADD A,43H
MOV 32H,A      ;和的低位存入 32H
MOV A,R3
```

```
ADDC A,#00H  ;两次进位值相加
MOV 31H,A
```

3. 加一指令 INC

把指令中的字节变量加 1,结果仍存入原字节中,若原字节变量为 0FFH,加 1 后将溢出为 00H。该指令不影响任何标志。INC 指令有寄存器、寄存器直接和寄存器间址 3 种寻址方式,共有 4 条指令。

当指令中的 direct 为端口地址 P0 ~ P1 时,其功能是修改端口的内容,操作过程是先读入端口内容,在 CPU 中加 1,然后输出到端口。注意:读入端口的值取自端口锁存器,而不是引脚。

另外,指令 INC DPTR 的功能是把 16 位数据指针加 1。执行 16 位无符号数加法时,先对数据的低 8 位 DPL 内容加 1,当有溢出时,再将 DPH 内容加 1,而不影响任何标志。

【例 2-9】设 30H 和 32H 开头分别存放两个 16 位无符号二进制数(低 8 位在前,高 8 位在后),完成两个数相加的程序。

```
MOV R0,#30H
MOV R1,#32H
MOV A,@R0     ;取低位
ADD A,@R1     ;低位相加
MOV @R0,A     ;和存入低位
INC R0
INC R1
MOV A,@R0     ;取高位
ADDC A,@R1    ;高位相加
MOV @R0,A     ;和存入高位
```

4. 十进制调整指令 DA A

十进制调整指令是对累加器 A 中的 BCD 码进行加法运算后,将结果进行二-十进行调整。单片机运算指令是按十六进制进行设计,即 8 位二进制数运算之后,其结果(累加器 A 中的 8 位二进制数)可看成是 2 位十六进制数,而我们日常用的是十进制数,如 06H + 07H = 0DH 应调整为 13H。

也就是说两个十进制数的和在 0 ~ 9 之间时,在单片机中表示为在 0 - F 之间,"DA A"指令正是在这一前提下出现的。

"DA A"指令能够根据加法运算后累加器中的值和 PSW 中的 AC 和 C 标志位的状态,自动选择一个修正值(00H,06H,66H 中的一个)和原运算结果相加,从而在任何情况下,都能获得正确的结果,这个过程称为二—十进制调整。

"DA A"指令在执行过程中自动选择修正值的规则是:

若$(A_{3-0}) > 9$或$(AC) = 1$,则执行$(A_{3-0}) + 6 \rightarrow (A_{3-0})$;

若$(A_{7-4}) > 9$或$(C) = 1$,则执行$(A_{7-4}) + 6 \rightarrow (A_{7-4})$。

应该注意:

(1) DA 指令只能与加法指令配对出现,它不能简单地把累加器中的十六进制数变换为 BCD 码数。

（2）在调整前参与运算的是十进制数。

（3）不能用DA指令对十进制减法运算结果进行调整，但可利用DA指令，实现对累加器中压缩的BCD码作减1操作。

【例2-10】设单片机内地址31H和32H中存有两个BCD码数，将之求和并存入41H中。

```
MOV A,31H    ;31H送入A
ADD A,32H    ;求和
DA A         ;十进制调整
MOV 41H,A    ;存入41H
```

## 二、减法指令

如表2-8所示，减法指令分为带进位减法指令SUBB、减一指令DEC等。

表2-8　减法指令

| 指令名称 | 助记符 | 操作功能 |
| --- | --- | --- |
| 带进位减法指令 | SUBB A,#data | (A)-data-CY→A |
| | SUBB A,Rn | (A)-(Rn)-CY→A |
| | SUBB A,@Ri | (A)-((Ri))-CY→A |
| | SUBB A,direct | (A)-(direct)-CY→A |
| 减一指令 | DEC A | (A)-1→A |
| | DEC Rn | (Rn)-1→Rn |
| | DEC direct | (direct)-1→direct |
| | DEC @Ri | ((Ri))-1→(Ri) |

1．带进位减法指令SUBB A,〈byte〉

SUBB指令是将累加器A中内容减去源操作数内容及进位CY的值，结果送入累加器A中，也即从累加器中减去指定的字节变量和进位标志（即减法借位）的值，结果存入累加器中。当其够减时，C复位；不够减时，需要借位，C置位。当位3产生借位时，AC置位，否则复位。当位6及位7只有一个产生借位时，OV标志置位，否则复位。

MCS-51的减法指令只有带进位减数一种形式（没有不带进位减的）。因此，在使用减法指令前，若不知道C值，应先将C清0。在带符号整数作减法时，OV置位说明，一个正数减去一个负数差为正数，即产生溢出。

2．减一指令DEC〈byte〉

该指令用于将指定操作数的内容减1，结果存入原指定字节，仅影响奇偶标志位P。若原字节内容为00H，减1后变为0FFH，不影响任何标志。

当用DEC指令修改端口P0～P1内容时，操作情况与INC指令相同。

## 三、乘法指令与除法指令

1．乘法指令MUL A,B

乘法指令是将累加器A的内容和寄存器B的内容相乘，即将8位二进制数相乘，结果是16位二进制数。其中高8位保存在寄存器B中,低8位保存在累加器A中。若乘积大于0FFH,溢出标志OV=1,否则为0,进位标志总是为0。

乘法指令是MCS-51指令系统中执行时间最长的两条指令之一(另一条为除法指令),需要4个机器周期。

【例2-11】设(A)=50H(80),(B)=0A0H(160),求其执行乘法指令的结果。

```
MUL A,B
结果为:(A)×(B)=3200H,(B)=32H,(A)=00H
      (VO)=1,(C)=0
```

2. 除法指令 DIV A,B

除法指令是用累加器A的内容(被除数)除以寄存器B的内容(除数)。指令执行后,商保存在累加器A中,余数保存在寄存器B中。相除之后,标志位CY一定为0,OV只是在除数B=0时为1,其他情况下都为0。

## 第四节　逻辑运算指令及应用

MCS-51的逻辑运算指令分为四大类:对累加器A的逻辑操作,对字节变量的逻辑与(ANL)、逻辑或(ORL)、逻辑异或(XRL)的操作。

### 一、累加器的逻辑操作

如表2-9所示,直接对累加器进行清0(CLR)、求反(CPL)、循环和移位操作(RL/RLC/RR/RRC),都是单字节指令。

**表2-9　累加器逻辑操作指令**

| 指令名称 | 助记符 | 操作功能 |
|---|---|---|
| 累加器清零指令 | CLR A | 0→A |
| 累加器取反指令 | CPL A | $(\overline{A})$→A |
| 循环左移指令 | RL A | (A)-((Ri))-(CY)→A |
| 带进位循环左移指令 | RLC A | (A)-(direct)-(CY)→A |
| 循环右移指令 | RR A | (A)-1→A |
| 带进位循环右移指令 | RRC A | (Rn)-1→Rn |

1. 累加器清0指令 CLR A

CLR A指令是将累加器A的内容清零,不影响标志位。

2. 累加器取反指令 CPL A

CPL A指令是将累加器A的内容按位取反,即累加器A中各位原来是1变为0,原来是0变为1,不影响标志位。

3. 循环左移位指令 RL A

RL 指令是使累加器中的内容逐位向左循环移一位,D7 循环移入 D0 的位置,不影响标志位,如图 2－9 所示。

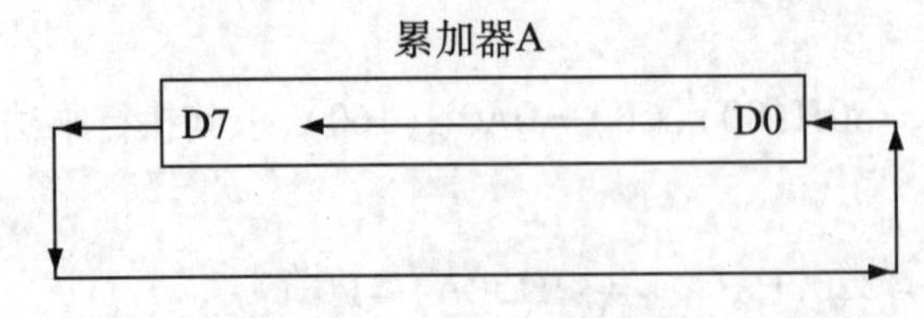


图 2－9 循环左移位指令

4. 带进位循环左移位指令 RLC A

RLC 指令是使累加器的 8 位连同进位标志一起向左循环移一位,D7 移入进位标志,进位标志 C 的原状态移入 D0 位置,不影响其他标志,如图 2－10 所示。

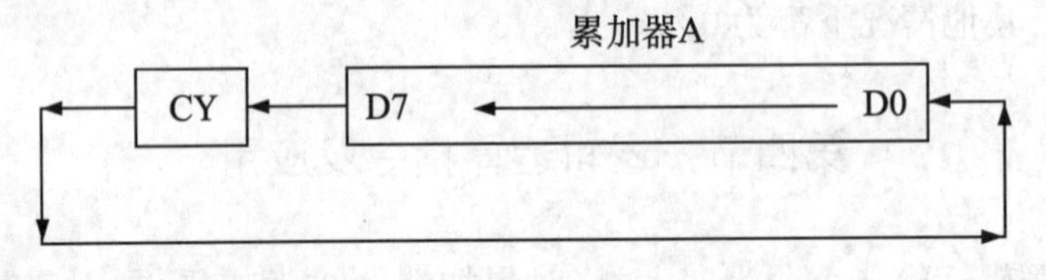


图 2－10 带进位循环左移位指令

5. 循环右移位指令 RR A

RR 指令是使累加器中的数据位逐位右移一位,D0 位右移入 D7 位,不影响标志位,如图 2－11 所示。

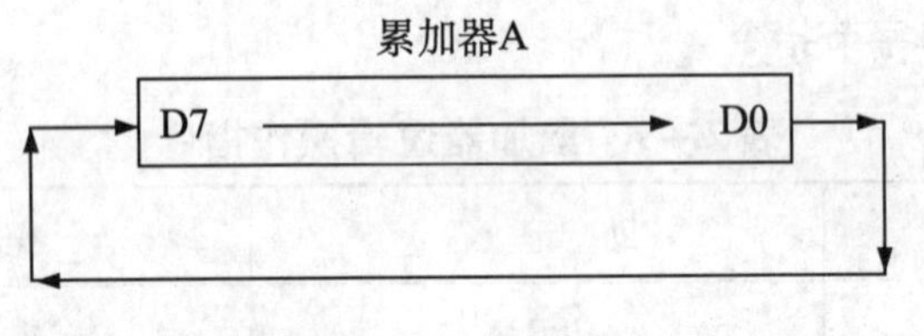


图 2－11 循环右移位指令

6. 带进位循环右移位指令 RRC A

RRC 指令是使累加器的 8 位连同进位标志一起逐位右移一位,D0 移入 C,C 原状态移入 D7,不影响其他标志,如图 2－12 所示。

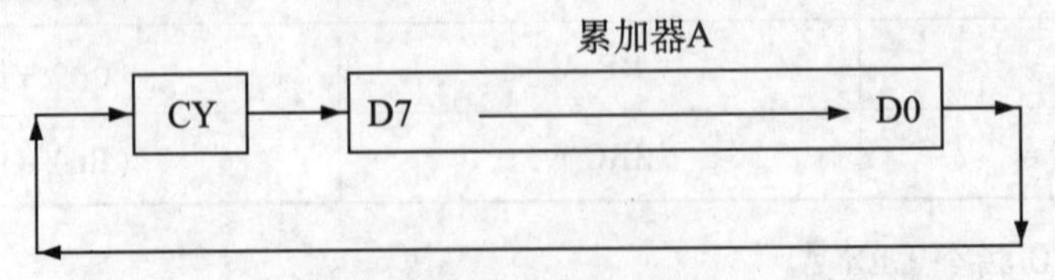


图 2－12 带进位循环右移位指令

## 二、逻辑与、逻辑或、逻辑异或指令

MCS－51 单片机的逻辑与、逻辑或、逻辑异或指令如表 2－10 所示。

表 2-10　逻辑运算指令

| 指令名称 | 助记符 | 操作功能 |
| --- | --- | --- |
| 逻辑与指令 | ANL A,Rn | (A)∩(Rn)→A |
| | ANL A,direct | (A)∩(direct)→A |
| | ANL A,@Ri | (A)∩((Ri))→A |
| | ANL A,#data | (A)∩data→A |
| | ANL direct ,A, | (direct)∩(A)→direct |
| | ANL direct,#data | (direct)∩data→direct |
| 逻辑或指令 | ORL A,Rn | (A)∪(Rn)→A |
| | ORL A,direct | (A)∪(direct)→A |
| | ORL A,@Ri | (A)∪((Ri))→A |
| | ORL A,#data | (A)∪data→A |
| | ORL direct ,A, | (direct)∪(A)→direct |
| | ORL direct,#data | (direct)∪data→direct |
| 逻辑异或指令 | XRL A,Rn | (A)⊕(Rn)→A |
| | XRL A,direct | (A)⊕(direct)→A |
| | XRL A,@Ri | (A)⊕((Ri))→A |
| | XRL A,#data | (A)⊕data→A |
| | XRL direct ,A, | (direct)⊕(A)→direct |
| | XRL direct,#data | (direct)⊕data→direct |

### 1. 逻辑与指令 ANL〈byte1〉,〈byte2〉

ANL 执行两个字节变量之间以位为基础的逻辑与操作,结果存到目的字节中,不影响任何标志。两个操作数可以有 4 种寻址方式的 6 种不同组合,如表 2-10 所示。当目的字节〈byte1〉为累加器时,源操作〈byte2〉可以是寄存器、寄存器直接地址、寄存器间接地址和立即数寻址;当目的字节寄存器为直接地址时,源操作数只能是累加器或立即数。

ANL 指令可用于对累加器 A、对由寄存器直接地址所指定的内部 RAM 单元以及对特殊功能寄存器进行清 0 操作,甚至对指定的位进行清 0(即屏蔽某些位),决定使哪些位清零的控制字可以是指令中的常数或运行时累加器的值。

【例 2-12】设(A)=36H,现要将(A)的高四位保留,低四位清零,试写出所需指令。

利用逻辑与指令时:保留位为 1,清零位为 0。
高四位保留,则高四位为 1,低四位清零,则低四位为 0,即:
(11110000)B=(F0)H
故执行指令 ANL A,#0F0H 即可。

### 2. 逻辑或指令 ORL〈byte1〉,〈byte2〉

ORL 指令是将源操作数与目的操作数按位逻辑或,结果送入目的操作数中。逻辑或指令可以使操作数的数据位置1,即使操作数某些位置1,其他位保持不变,且不影响任何标志位。

【例2-13】设将累加器A的第4位和第6位置1,其余各位保持不变,试写出所需指令。

利用逻辑或指令时:保留位为0,置一位为1。

要将累加器的第四位和第六位置一,则第四位,第六位为1,其余位为0,即:

(00101000)B=(24)H

故执行指令 ORL A,#024H 即可。

3. 逻辑异或指令 XRL 〈byte1〉,〈byte2〉

XRL指令是将源操作数与目的操作数按位逻辑异或,即不同为1,相同为0,结果送入目的操作数。该指令可用于对直接字节或专用寄存器的指定位取反,决定取反位的控制字可以是指令中的常数或运行中累加器的值。

【例2-14】设将累加器A的第8位和第6位及第3位取反,其余各位保持不变,试写出所需指令。

利用逻辑异或指令时:保留位为0,取反位为1。

第八位、第六位及第三位取反,其余各位保持不变,则第八位、第六位及第三位为1,其余位为0,即:

(10100100)B=(A4)H

故执行指令 XRL A,#A4H 即可。

## 第五节 转移指令及应用

转移指令用来改变程序计数器PC的值,使PC有条件或无条件或通过其他方式,从当前的位置转移到一个指定的地址单元,从而改变程序的执行方向。

转移类指令分为四大类:无条件转移指令、调用指令、返回指令及条件转移指令。

### 一、无条件转移指令

无条件转移指令如表2-11所示。

**表2-11 无条件转移指令**

| 指令名称 | 助记符 | 操作功能 |
|---|---|---|
| 长转移指令 | LJMP addr16 | add16→PC |
| 短转移指令 | AJMP addr11 | add11→$PC_{10-0}$<br>$PC_{15-11}$不变 |
| 相对转移指令 | SJMP rel | PC+rel→PC |
| 间接转移指令 | JMP @A+DPTR | (A)+(DPTR)→PC |

1. 长转移指令 LJMP addr16

LJMP转移的目的地址是一个16位常数,它将指令中的16位常数直接装入PC,使程序无条件转移到指定的地址处执行。长转移是指可以转移到64K程序存储器的任何地址,不影响标志位。

2. 短转移指令 AJMP addr11

AJMP 转移的目的地址是一个11位常数,它将指令中的11位常数直接装入PC,使程序无条件转移到指定的地址处执行。短转移是指可以转移到2K程序存储器的任何地址,不影响标志位,它又称为绝对转移。

3. 相对转移指令 SJMP rel

SJMP 指令采用相对寻址方式,控制程序转移到由相对偏移量 rel 所决定的目的地址。转移目的地址为当前指令的下一条指令地址(PC 当前值加2)与相对偏移量 rel 之和,所以 SJMP 的转移地址范围在((PC)+2)地址的值的 -128 ~ +127 之间,即:

转移目的地址 = PC 当前值 +2 + rel = 下一条指令地址 + rel,

因而又可得:rel = 目的地址 -(PC +2)。

综上所述,对于无条件转移指令,应注意以下三点:

(1) 无条件转移指令转移到目的地址的方式不同,允许转移的范围不同,指令的字节数也不同,使用时应注意它们的区别。

(2) 该指令如果不关心它们在机器中如何编码,可以采用助记符"JMP"格式。

(3) AJMP 指令(以及下面的 ACALL 指令)是为了和 MCS-48 指令系统兼容而给出的,初学者可不用它,不过这条双字节指令所占程序空间少。

4. 间接转移指令 JMP @A + DPTR

JMP 指令把累加器 A 中的8位无符号数与数据指针的16位数相加,其和放入PC中,形成控制程序转移的目的地址,加法运算不改变累加器和数据指针的内容,不影响任何标志位。

## 二、调用指令

调用指令用于调用子程序,有长调用和短调用两种,调用指令如表2-12所示。

表2-12 调用指令

| 指令名称 | 助记符 | 操作功能 |
|---|---|---|
| 长调用指令 | LCALL addr16 | PC 压入堆栈<br>add16→PC |
| 短调用指令 | ACALL addr11 | PC 压入堆栈<br>add11→$PC_{10-0}$<br>$PC_{15-11}$不变 |
| 子程序返回指令 | RET | 堆栈内容弹回 PC |
| 中断程序返回指令 | RETI | 堆栈内容弹回 PC |

1. 长调用指令 LCALL addr16

LCALL 调用位于指定地址(add16)处的子程序。指令长度为3字节子程序可以在全部64K存储空间的任何地方,不影响任何标志位。

2. 短调用指令 ACALL addr11

ACALL 无条件地调用由 addr11 所形成首址的子程序。其指令码的产生、转移目的地址的形成及地址转移范围为 2KB 存储区域内的绝对调用,该指令不影响标志位。

3. 返回指令 RET

返回指令用于子程序中,使子程序执行完毕能自动返回主程序。返回指令有两种:

(1) 子程序返回指令 RET

(2) 中断程序返回指令 RETI

## 三、条件转移指令

条件转移指令用于实现按照一定的条件决定程序转移(分支)的方向。MCS－51 的条件转移指令有三种类型:判零转移(2 条)、比较转移(4 条)、循环转移(2 条)。条件转移指令如表 2－13 所示。

**表 2－13 条件转移指令**

| 指令名称 | 助记符 | 操作功能 |
| --- | --- | --- |
| 判零转移指令 | JZ rel | (A)≠0,PC+2→PC<br>(A)=0,PC+rel→PC |
| | JNZ rel | (A)=0,PC+2→PC<br>(A)≠0,PC+rel→PC |
| 比较转移指令 | CJNE A,direct,rel | (A)=(direct),PC+3→PC<br>(A)≠(direct),PC+rel→PC<br>(A)<(direct),1→CY |
| | CJNE A,#data,rel | (A)= data,PC+3→PC<br>(A)≠data,PC+rel→PC<br>(A)<data,1→CY |
| | CJNE Rn,#data,rel | (Rn)= data,PC+3→PC<br>(Rn)≠data,PC+rel→PC<br>(Rn)<data,1→CY |
| | CJNE @Ri,#data,rel | ((Ri))= data,PC+3→PC<br>((Ri))≠data,PC+rel→PC<br>((Ri))<data,1→CY |
| 循环转移指令 | DJNZ Rn,rel | (Rn)≠0,PC+rel→PC<br>Rn－1→Rn<br>(Rn)=0,PC+3→PC |
| | DJNZ direct,rel | (direct)≠0,PC+rel→PC<br>(direct)－1→direct<br>(direct)=0,PC+3→PC |

1. 判零转移指令

(1) 判零指令 JZ rel:JZ 指令的功能是判断累加器 A 的值,若累加器 A 的值为 0,则程序转移到目标地址;否则,顺序执行程序。

（2）判一指令 JNZ rel:JNZ 指令的功能是判断累加器 A 的值,若累加器 A 的值不为 0,则程序转移到目标地址;否则,顺序执行程序。

2. 比较转移指令 CJNE 〈byte1〉〈byte2〉,rel

CJNE 指令用于比较两个字节变量的值,如果不相等,则转移。指令的操作过程包括:

（1）比较两个字节变量的大小:其实质是进行减法操作,但不保存差值,只影响标志位,如果它们的值不相等,则程序转移。

（2）转移目的地址的形成:首先使 PC 指向下一条指令的起始地址(CJNE 为 3 字节指令,故为(PC)+3),然后再把 rel 加到 PC 上。

（3）对标志位的影响:如果目的字节的无符号整数值不等于源字节的无符号整数值,则使 C 置位;否则 C 清 0,不改变任何一个操作数。

CJNE 指令前面两个操作数允许有 4 种组合寻址方式。累加器可以和任何直接寻址字节或立即数比较,而任何间接 RAM 单元或工作寄存器只能与立即数比较。

CJNE 指令具有比较和判断转移两种功能。通常利用 CJNE 指令的比较操作和它对标志位的影响来实现程序的分支结构。另外,对两个操作数不等这一分支,又可以根据 C 的状态产生第二次分支。

【例 2-15】将 30H、31H 两个单元中的大数送入 A 中。

```
        MOV A,30H
        CJNE A,31H,BIG
BIG:    JNC OVER          ;30H 单元值大则结束
        MOV A,31H         ;31H 单元值小则送入累加器 A 中
OVER:   RET
```

3. 循环转移指令 DJNZ 〈byte〉,rel

DJNZ 指令是把指定字节的内容减 1。如果结果为零则顺序执行下一条指令,不为零则转向由 rel 所形成的转移地址,转移的目的地址为 PC 当前值加上 DJNZ 指令本身的字节数(2 字节或 3 字节),再加上 rel 值。DJNZ 指令在程序中的主要用途是进行程序的循环控制。

【例 2-16】将 40H ~ 46H 单元内容的高 4 位清零。

```
        MOV R7,#07H       ;设定循环次数
        MOV R0,#40H       ;设定起始地址
LOOP:   MOV A,@R0         ;取数
        ANL A,#0FH        ;高位清零
        MOV @R0,A         ;存数
        INC R0            ;修改地址
        DJNZ R7,LOOP      ;循环
```

## 第六节　位操作类指令及其应用

MCS-51 单片机中有一个完整的位处理机,用于对位地址进行操作,MCS-51 内部 RAM 中地址为 20H ~ 2FH 的 16 个字节,其中每个字节的位都可位寻址,它们的位地址为 00H ~ 7FH,在位处理器中,并提供了一个布尔指令子集,它是构成布尔处理器的一部分。布

尔指令子集由布尔处理器的硬件逻辑执行。

布尔指令共有 17 条，包括位传送、条件转移、位运算（置位、清 0、取反、逻辑或、逻辑与等），如表 2－14 所示，所有的位访问均为直接寻址。

MCS－51 中的位地址，可采用直接使用位地址、直接使用位地址名和用字节寄存器名后加位数表示的三种表示方法。直接使用位地址，即从 00H～FFH；直接使用位地址名，如 C、OV、FO 等；用字节寄存器名后加位数表示，如 PSW. P0. 5，ACC. 2（寻址累加器中的位必须用 ACC. 0～ACC. 7）等。

**表 2－14 位操作类指令**

| 指令名称 | 助记符 | 操作功能 |
|---|---|---|
| 位传送指令 | MOV C,bit | (bit)→CY |
| | MOV bit,C | (CY)→bit |
| 位清零指令 | CLR C | 0→CY |
| | CLR bit | 0→bit |
| 位置 1 指令 | SETB C | 1→CY |
| | SETB bit | 1→bit |
| 位取反指令 | CPL C | $(\overline{CY})$→CY |
| | CPL bit | $(\overline{bit})$→bit |
| 位变量逻辑与指令 | ANL C,bit | (CY)∩(bit)→CY |
| | ANL C,/bit | (CY)∩$(\overline{bit})$→CY |
| 位变量逻辑或指令 | ORL C,bit | (CY)∪(bit)→CY |
| | ORL C,/bit | (CY)∪$(\overline{bit})$→CY |
| 布尔条件转移指令 | JC rel | (CY)=0,PC+2→PC<br>(CY)=1,PC+rel→PC |
| | JNC rel | (CY)=1,PC+2→PC<br>(CY)=0,PC+rel→PC |
| | JB bit,rel | (bit)=0,PC+3→PC<br>(bit)=1,PC+rel→PC |
| | JBC bit,rel | (bit)=0,PC+3→PC<br>(bit)=1,0→bit PC+rel→PC |
| | JNB bit,rel | (bit)=1,PC+3→PC<br>(bit)=0,PC+rel→PC |

## 一、位传送指令

位传送指令 MOV〈目的位〉,〈源位〉

位传送指令把第二操作数指定的位变量的值送到第一操作数指定的位单元中,其中一个操作数必须为进位标志 C,另一个可以是任何直接寻址位,不影响其他寄存器和标志位。

## 二、位状态控制指令

1. 位清零指令 CLR

CLR 指令是将指定的位清 0,它可对进位标志或任何直接寻址位进行操作,不影响其他标志位。

2. 位置 1 指令 SETB

SETB 指令是将指定的位置 1,它对进位标志或任何直接寻址位进行操作,不影响其他标志位。

3. 位取反指令 CPL

CPL 指令是将指定的位取反,即原来为 1 则变为 0,原来为 0 则变为 1。它也能对进位标志或任何直接寻址位进行操作,不影响其他标志位。

## 三、位逻辑操作指令

1. 位变量逻辑与指令 ANL C,〈源位〉

ANL 指令是将源位的布尔值或它的逻辑非值(/bit)与进位标志的内容进行逻辑与操作。如果源位的布尔值是逻辑 0,则进位标志清 0;否则进位标志保持不变。该操作不影响源位本身,也不影响别的标志位。源位可以是一个直接位或它的逻辑非(/bit)。

2. 位变量逻辑或指令 ORL C,〈源位〉

ORL 指令是将源位的布尔值或其逻辑非值(/bit)与进位标志的内容进行逻辑或操作。如果源位的布尔值为逻辑 1,则置位进位标志;否则进位保持原来状态。该操作不影响源位本身,也不影响其他标志位。

## 四、布尔条件转移指令

布尔条件转移指令有 5 条,分别对布尔变量 C(PSW 中的进位标志)和直接寻址位进行测试,并根据其状态执行转移。

1. 判布尔累加器转移

(1) 指令:JC rel,如果进位标志为 1 转移。

(2) 指令:JNC rel,如果进位标志为 0 转移。

如果指定位的值满足条件则转移,否则顺序执行下一条指令。程序转移的地址为当前 PC 值加 2(指令为 2 字节),再加上 rel 的值(rel 在指令码第 2 字节中),不影响任何标志。

【例 2-17】检查 30H 单元的 D0 位是否为 1,若为 1 将 P1.0 置 1。

```
MOV A,#30H ;取数
CLR C      ;清进位标志位
RRC A      ;取 D0 位
JNC NEXT   ;为 1 顺序执行,为 0 跳转到 NEXT
```

```
    SETB P1.0     ;P1.0 置 1
NEXT:END          ;结束
```

2. 判位变量转移

(1) 指令:JB bit,rel,如果位为 1 则转移。

(2) 指令:JBC bit,rel,如果位为 1 则转移,并将该位清 0。

(3) 指令:JNB bit,rel,如果位为 0 则转移。

如果指定位的值满足条件则转移,否则顺序执行下一条指令。转移首址为 PC 当前值加 3(指令都是 3 字节),再加上 rel 值(在指令码第 3 字节中),不影响任何标志位。

# 第三章　汇编语言程序设计

## 第一节　源程序的设计与汇编

单片机程序设计多采用汇编语言编写,同时也可采用C语言等高级语言编程。

机器语言是用二进制编码表示每条指令。由于计算机只能识别二进制数,所以计算机能够直接执行用机器语言编出的机器码程序。不同种类的计算机,由于其内部结构不同,它的机器码指令也不完全相同。

汇编语言是符号化的机器语言。它用一些容易理解和记忆的符号代替机器码指令,因此又把汇编语言称为助记符语言,也就是说助记符指令与机器码指令一一对应。不同结构的计算机,它的汇编指令也不完全相同。

对比机器码,汇编语言克服了机器语言的缺点,方便了用户记忆指令和编写程序,但用汇编语言编写的源程序毕竟不是计算机能直接识别的机器码,须用汇编程序"翻译"成机器码后方可执行。采用汇编语言编写程序,可以直接访问和操作单片机中的寄存器及存储器单元,对数据的处理表述非常具体。因此,在计算机实时测试和控制领域中得到广泛应用。

高级语言是接近自然语言和数学语言的算法语言,具有直观、通用等特点。相对于高级语言,机器语言和汇编语言属于低级语言。用低级语言编写程序需要完全了解CPU硬件结构,且程序不能移植。

本书主要介绍MCS-51系统汇编语言程序编写的一般知识、有关规定、习惯用法、常见程序结构和编程方法。

### 一、汇编语言程序设计步骤

用汇编语言编制程序的过程称为汇编语言程序设计。通常,汇编语言程序设计流程图如图3-1所示,汇编语言程序设计步骤如下:

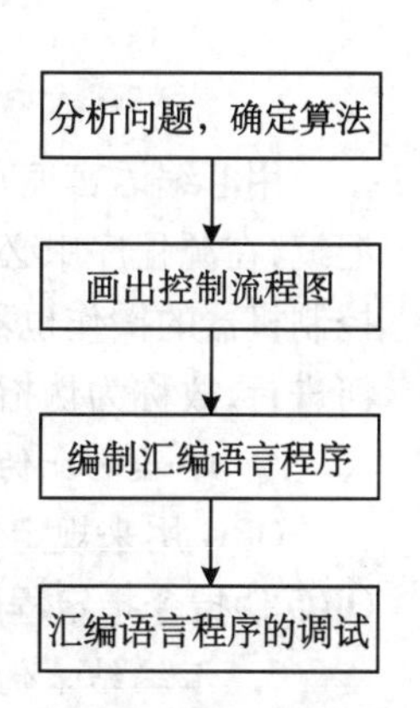

图3-1　汇编语言程序设计步骤

1. 分析问题,确定算法

设计前,应对项目作评估和规划,了解程序功能、运算精度、执行速度、各硬件特点。同一个任务,可用不同的程序实现。此时,应结合所用机器的指令系统,对不同的算法进行分析比较,经各方面综合考虑选择一种最佳算法,使程序精简,且执行速度快。

设计人员必须认真、仔细地考虑系统需要解决的各种问题,以及将来系统功能的进一步扩展,明确程序要解决的问题和接收、处理、发送数据的范围或使用什么样的算法。

2. 绘制控制流程图

流程图是把所采用的算法转化为汇编语言程序的准备阶段,通常用各种图形、符号、有向线段来直观地表示程序执行的步骤和顺序。它可使人们通过流程图的基本线索,对全局有完整的了解。

如果拟解决的问题较为复杂,通常设计"粗细"不同的程序流程图。首先设计粗框图,力求反映编程者的总体设计思想及总体结构,并侧重于模块之间的相互联系;然后设计详细框图,此时,应侧重各个模块的具体实现。

3. 编制汇编语言程序

根据流程图用汇编语言指令实现流程图的每一个步骤,从而编写出汇编语言源程序。

4. 调试、测试程序

汇编语言程序编好后必须进行调试,因为所编制的程序难免有错误,且程序需要优化。调试是利用仿真器等开发工具,采用单步、设断点、连续运行等方法排除程序中的错误,完善程序功能。

## 二、汇编语言格式与伪指令

MCS－51 单片机汇编语言指令格式及各部分含义如图 3－2 所示。

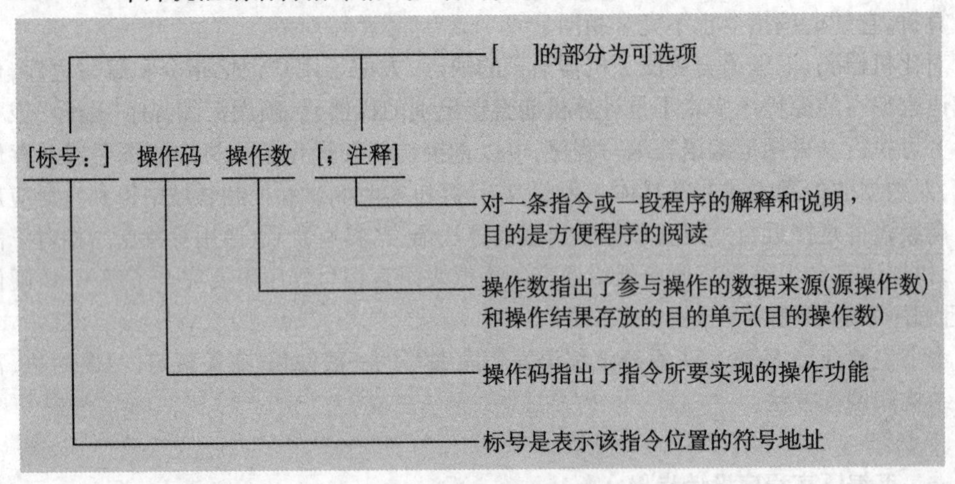


图 3－2 汇编语言指令格式

用汇编语言编写的程序通常需要经过微机汇编变成机器码才能被执行。为了对源程序汇编,在源程序中必须使用一些"伪指令"。伪指令是便于程序阅读和编写的指令,它既不控制机器的操作也不能被汇编成机器代码,只是汇编程序所识别的常用符号,并指导汇编如何进行,故称为伪指令。MCS－51 系列单片机常用伪指令如下。

1. 起始地址伪指令 ORG

ORG 用来规定目标程序段或数据块的起始地址。通常,在汇编语言程序开始处均用 ORG 伪指令指定程序存放的起始地址。

2. 汇编结束伪指令 END

END 用来告诉汇编程序此源程序到此结束。在一个程序中,只允许出一条 END 语句,而且必须安排在源程序的末尾,否则,汇编程序对 END 语句后的所有语句都不进行汇编。

3. 赋值伪指令 EQU

EQU 用于告诉汇编程序,将该伪指令右面的值赋给左面用户定义的符号,其格式如图 3-3所示。

由 EQU 赋值的字符名称在源程序中可以作为数值使用,也可以作为数据地址、代码地址或位地址。由 EQU 伪指令所定义的符号必须先定义后使用,故该语句通常放在程序开头处。伪指令应用如图 3-3 所示。

```
COUNT EQU 34H       ;COUNT 被赋值为 34H
ADDE EQU 18H        ;ADDE 被赋值为 18H
ORG 4000H           ;该语句下面的程序从 4000H 开始
MOV A,#COUNT        ;34H→A
ADD A,ADDE          ;(A)+(18H)→A
END                 ;汇编结束
```

图 3-3 伪指令应用

4. 定义字节伪指令 DB

DB 用于告诉汇编程序,从指定的地址单元开始,定义若干个字节存储单元的内容。

5. 定义字伪指令 DW

DW 用来告诉汇编程序,从指定的地址单元开始,定义若干个 16 位数据。其格式如 DB,用法相同,只是它一次定义 16 位数。由于一个字长为 16 位,故要占两个存储单元。在 MCS-51 单片机系统中,16 位的高 8 位存入低地址单元,低 8 位存入高地址单元。

6. 数据地址赋值伪指令 DATA

DATA 用于告诉汇编程序,把由表达式指定的数据地址或代码地址赋予规定的字符名称。DATA 伪指令的功能和 EQU 指令相似,但 DATA 伪指令所定义的符号可先使用后定义。在程序中它常用来定义数据地址,故该语句一般放在程序的开头或末尾。

7. 位地址赋值伪指令 BIT

BIT 用于告诉汇编程序,把位地址赋予规定的字符名称。常用于位处理的程序中,如图 3-4 所示。

```
M1   BIT 01H    ;01H 赋给 M1
M2   BIT P1.0   ;P1.0 的位地址 90H 赋给 M2
```

图 3-4 BIT 指令应用

用汇编语言编写的源程序必须通过汇编程序的汇编,才能使源程序转换成相应的由机器码指令组成的目标程序。较长的程序一般采用微机汇编,短小程序或练习程序可用手工汇编。在单片机配套的计算机系统上,一般都配备汇编程序,机器上使用汇编程序自动地进行源程序汇编,最后得到机器码表示的目标程序,汇编与反汇编过程如图 3-5 所示。

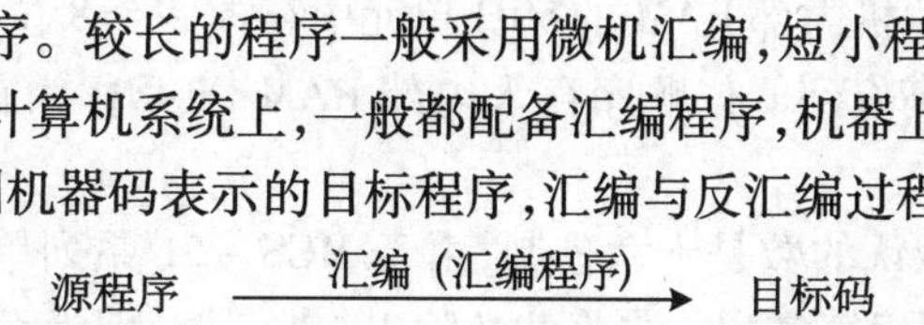

图 3-5 汇编与反汇编

## 第二节　单片机汇编语言程序设计

为了设计一个高质量的程序,必须掌握程序设计的一般方法。在汇编语言程序设计中,一般可采用结构化程序设计方法,依据是任何复杂的程序都可由顺序结构、分支结构及循环结构程序等构成。每种结构只有一个入口和出口,整个程序也只有一个入口和出口。结构程序设计的特点是程序结构清晰、易于读写、易于验证、可靠性高。下面主要介绍结构化程序设计的基本设计方法。

### 一、顺序程序设计

顺序结构是程序结构中最简单的一种。用程序流程图表示时,是一个处理框紧接着一个处理框。在执行程序时从第一条指令开始顺序执行直到最后一条指令为止。

【例3－1】设有16位二进制数存放在单片机内部RAM的40H和41H单元中,要求将其算术左移一位(即原数各位均向左移1位,最低位移入0)后仍存入原单元。试编制相应的程序。

分析:由于MCS－51系列单片机的指令系统只有8位二进制数算术移位指令,而无16位二进制数算术移位指令。因此,要实现16位数的算术左移1位,只能分两次进行。开始时将进位标志C清0,先进行低8位带进位循环左移,将低8位中的原最高位移至C,而C原来的0移至最低位,然后进行高8位带进位循环左移,原低8位中最高位经C移至高8位中的最低位。这样即可实现16位二进制数算术左移一位操作,其流程图如图3－6所示。

程序如下:

```
ORG   1000H
CLR C             ;C 清 0
MOV A,41H         ;低 8 位左环移一位
RLC A
MOV 41H,A
MOV A,40H         ;高 8 位左环移一位
RLC A
MOV 40H,A
END
```

【例3－2】设在单片机内部RAM的50H单元中存放一个8位二进制数,要求将其转换成相应的BCD码,并由高位到低位顺序存入内部RAM以40H为首址的3个连续单元中。试编写相应的程序。

分析:单片机指令默认的数是十六进制,由于MCS－51系列单片机的指令系统中有除法指令,故它的转换可用运算实现。先将此数除以100,其商即为百位数;再将余数除以10,其商即为十位数,而此时的余数即为个位数,其流程图如图3－7所示。

程序如下:

```
ORG 1000H
```

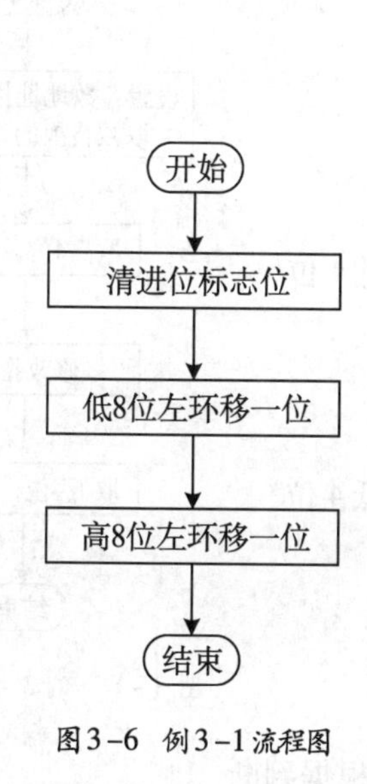


图3-6 例3-1流程图

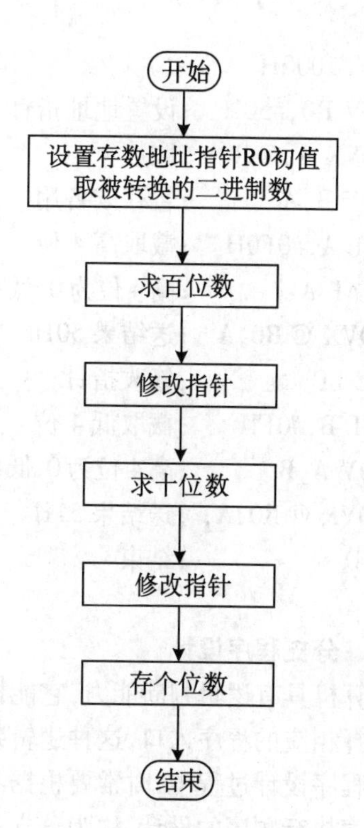


图3-7 例3-2流程图

```
MOV R0,#40H        ;设置存数地址指针 R0 初值
MOV A,50H          ;取被转换的二进制数
MOV B,#64H         ;置除数为 100 或 64H
DIV A,B            ;除以 100,求百位数
MOV @R0,A          ;将百位数指定单元
INC R0             ;修改指针
MOV A,#AH          ;置除数为 10
XCH A,B
DIV AB             ;除以 10,求十位数
MOV @R0,A          ;将十位数指定单元
INC R0             ;再次修改指针
XCH A,B            ;A 中为个位数
MOV @R0,A          ;送个位数
END                ;结束
```

【例3-3】为把一个字节数的高四位与低四位分送到两个字节以便送到两个数码管显示。设在单片机外部 RAM 的 50H 单元存有 1 字节代码,要求将其分解成两个 4 位字段。高 4 位存入原单元的低 4 位,低 4 位存入 51H 单元的低 4 位,且要求这两单元的高 4 位均为 0。试编制相应的程序。

分析:本题的实质是进行字节分解,可用 ANL 和 SWAP A 指令来实现,其流程图如图 3-8所示。

源程序如下:

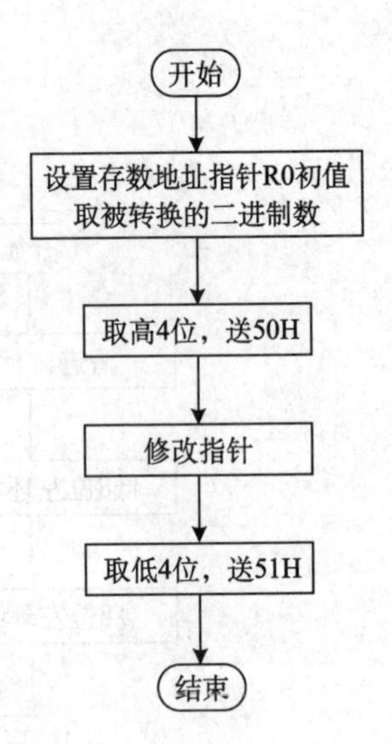

图 3-8 例 3-3 流程图

```
ORG 1000H
MOV R0,#50H  ;设置地址指针 R0 初值
MOVX A,@ R0  ;取数
MOV B,A      ;暂存以备用
ANL A,#0F0H  ;截取高 4 位
SWAP A       ;高 4 位为 0,低 4 位为 50H 单元中的低 4 位
MOVX @ R0,A  ;送结果 50H
INC R0       ;修改指针
ANL B,#0FH   ;截取低 4 位
MOV A,B      ;高 4 位为 0,低 4 位为 50H 单元中的低 4 位
MOVX @ R0,A, ;送结果 51H
END          ;结束
```

## 二、分支程序设计

计算机具有逻辑判断能力,它能根据条件进行判断并根据判断结果选择相应的程序入口,这种逻辑判断功能是计算机分支程序的基础。

在程序设计过程中,时常要根据不同情况执行不同功能的程序段,这种根据程序要求而改变程序执行顺序的设计,称为分支程序设计。分支程序设计分为无条件分支程序设计和条件分支程序设计两类。无条件分支程序中含有 LJMP、AJMP 等无条件转移指令,执行这类指令,程序将无条件转移;条件分支程序中含有判零、比较、位控制等条件转移指令。

【例 3-4】 单片机外 RAM 2000H、2001H 单元分别存放两个数,判断这两个数是否相等,如果相等,则位地址 7FH 置 1,否则清零。

分析:判断两个数是否相等,使用比较转移指令即可,程序流程如图 3-9 所示。

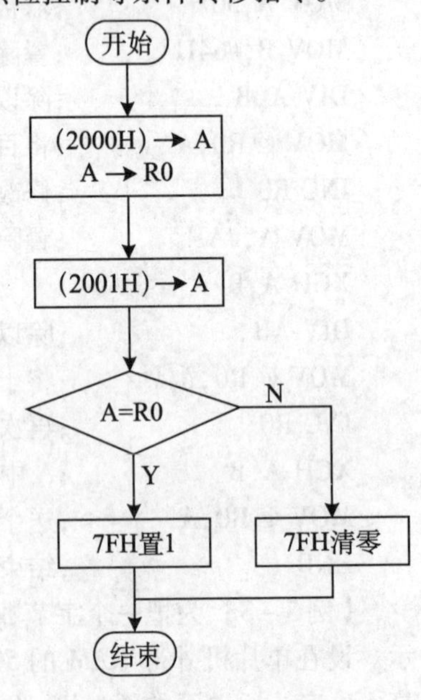

图 3-9 例 3-4 流程图

源程序如下:

```
ORG 1000H
MOV DPTR,#2000H ;地址指针指向片外 2000H 单元
MOVX A,@ DPTR   ;(2000H)→A
MOV R0,A        ;A→R0
MOV DPTR,#2001H ;地址指针指向 2001H 单元
MOVX A,@ DPTR   ;(2001H)→A
MOV 30H,R0
CJNE A,30H,NE   ;若两个数不相等,则转 NE
SETB 7FH        ;若两个数相等,则 7FH 单元置 1
AJMP OVER       ;转 OVER
NEXT:CLR 7FH    ;7FH 单元清零
OVER:RET
```

【例 3-5】 设 30H 单元内有一自变量 $X$,要求按如下条件编程求函数值 $Y$,并将结果存

入 31H 单元中：

$$Y=\begin{cases}1 & X>0\\0 & X=0\\-1 & X<0\end{cases}$$

分析：按条件求函数 $Y$ 的流程图如图 3－10 所示。

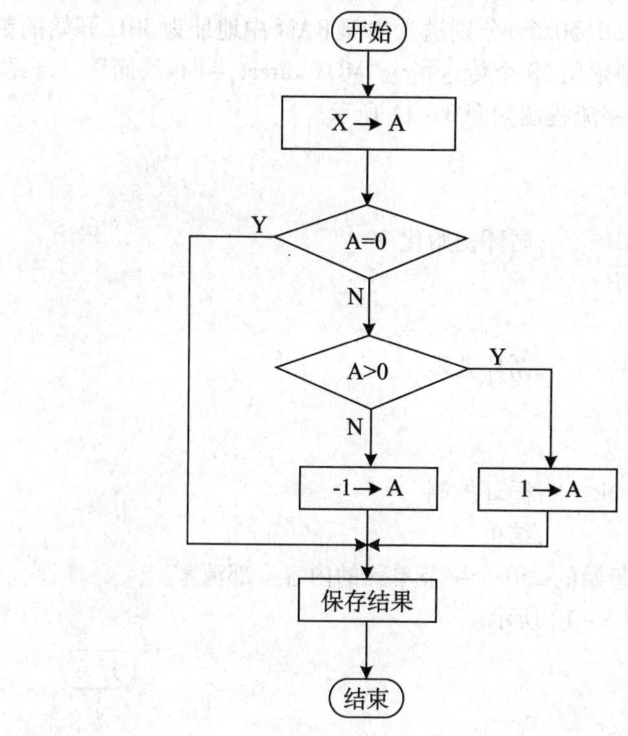


图 3－10　例 3－5 流程图

源程序如下：

```
        ORG 1000H
        VAR EQU 30H
        FUNC EQU 31H
        MOV A,VAR         ;X→A
        JZ DONE           ;若 X=0,则转 DONF
        JNB ACC.7,POSI    ;若 X>0,则转 POSI
        MOV A,#0FFH       ;若 X<0,则 -1→A,FFH 为 -1 的补码
        SJMP DONE         ;转 DONE
POSI:   MOV A,#01H        ;1→A
DONE:   MOV FUNC,A        ;存 Y 值
        END
```

**三、循环结构程序**

在程序中包含重复执行的程序段称为循环程序设计。前面介绍了顺序程序和分支程

序，对于前者每条指令只执行一次，后者则根据不同条件会跳过一些指令，执行另一些指令。该程序的特点是每条指令至多执行一次。但有时要求某些程序段多次重复执行，此时应采用循环结构实现。循环程序可以使程序结构性强、可读性好，从而大大提高程序质量。

典型循环程序包含四部分：初始化部分、循环处理部分、循环控制部分和循环结束部分。

【例3-6】将整数1~50(50个)分别送入内部RAM中地址为30H开始的单元中。

分析：若用顺序结构，则须用50个传送指令"MOV direct,#data"，而用循环结构程序，显然可以简单、清晰、明了，程序流程图如图3-11所示。

源程序如下：

```
ORG 1000H
        MOV R7,#32H     ;循环初始化
        MOV R0,#30H
        MOV A,#01
LOOP:   MOV @R0,A       ;循环处理
        INC R0
        INC A
        DJNZ R7,LOOP    ;循环控制
        END             ;结束
```

【例3-7】将8000H起始的256个字节单元的内容全部清零。

分析：程序流程图如图3-12所示。

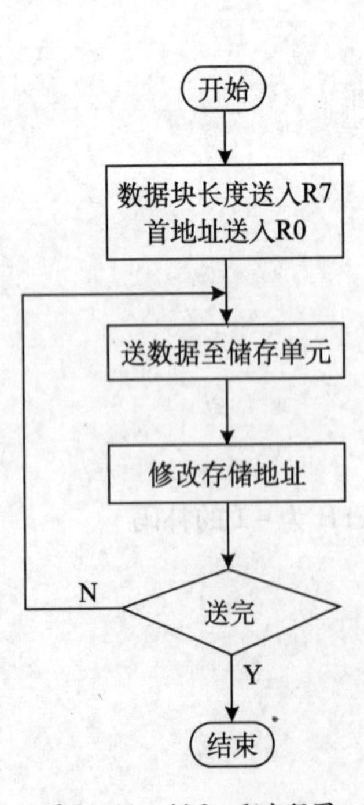


图3-11 例3-6流程图

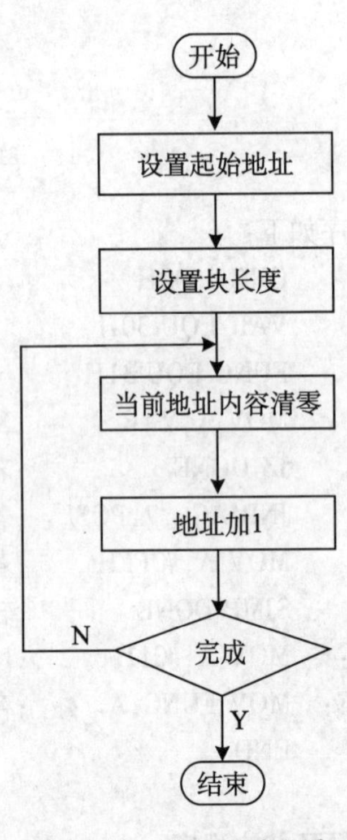


图3-12 例3-7流程图

源程序如下：

```
        ORG 1000H
        Block EQU 8000H
        MOV DPTR,#Block      ;起始地址
        MOV R0,#0            ;清256字节
        CLR A
Loop:MOVX @DPTR,A
        INC DPTR             ;指向下一个地址
        DJNZ R0,Loop         ;记数减一
        LJMP $               ;暂停
        END
```

【例3-8】试统计单字节变量40H中有多少位为1,并将统计值存入30H变量中。

分析:使用带进位循环左移位指令和位判断转移指令,分别将40H变量最高位移入进位标志位CY中并判断其值,若为1,则将30H单元加1,循环操作8次即可完成操作,程序流程图如图3-13所示。

源程序如下：

```
        ORG 1000H
        X EQU 40H
        Y EQU 30H
        MOV Y,#00H         ;Y中初始值为0
        CLR C              ;标志位CY清零
        MOV A,X            ;X→A
        MOV R7,#08H        ;R7存放循环次数
LOOP0:  RLC A              ;带进位左循环1位
        JNC LOOP1          ;CY为0转LOOP1
        INC Y              ;CY为1给ONE单元加1
LOOP1:  DJNZ R7,LOOP0      ;循环控制
        END                ;结束
```

【例3-9】在首地址为单片机内RAM 20H数据缓冲区中,连续存放100个非零的无符号单字节数,求出其中最大的偶数。

分析:用位操作指令JB对操作数最末位进行判断,若为1则是奇数,为0则是偶数。用SUB减法指令,通过标志位CY可判断两个操作数的大小,程序流程图如图3-14所示。

源程序如下：

```
        ORG 1000H
        MAX EQU 30H
        MOV MAX,#00H         ;00→MAX
        MOV R7,#64H          ;存放循环次数
        MOV R0,#20H          ;地址指针R0指向缓冲区首地址
```

```
LOOP:  MOV A,@R0        ;从缓冲区中取数送入A中
       JB ACC.0,ODD     ;是奇数转至ODD
       MOV R1,A         ;是偶数与MAX比较
       SUBB A,MAX
       JC ODD           ;比MAX小转至ODD
       MOV MAX,R1       ;比MAX大则送入MAX单元
ODD:   INC R0           ;改变地址取下一个数
       DJNZ R7,LOOP     ;控制循环
       END              ;结束
```

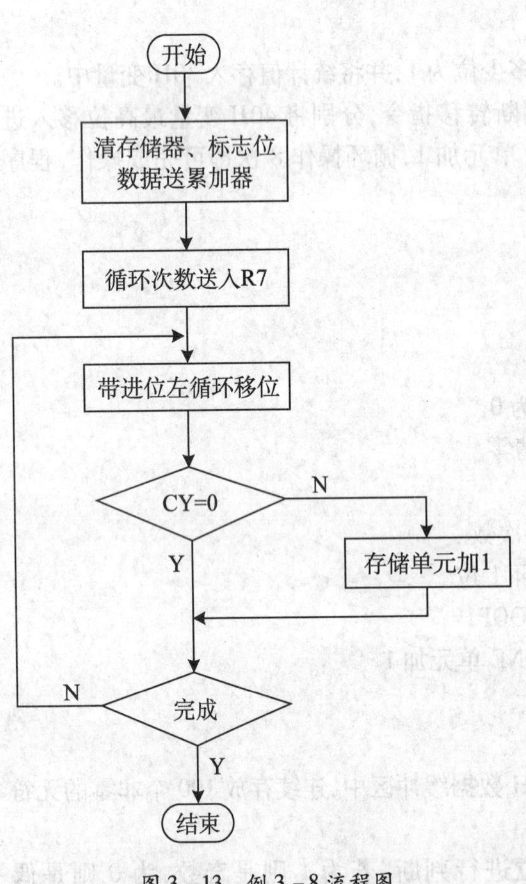


图3－13　例3－8流程图

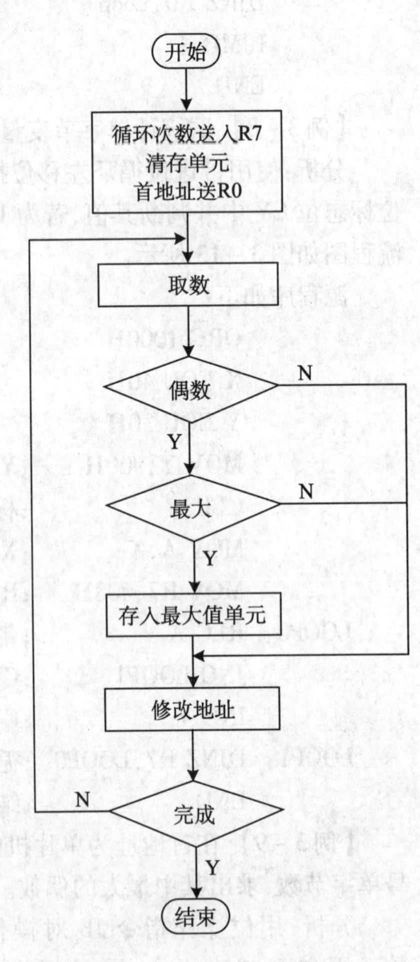


图3－14　例3－9流程图

有些程序事先不知道循环计数器，这时需要根据判断循环条件的成立与否或用建立标志的方法，控制循环程序的结束。在现实中往往还会遇到多重循环，一个循环程序的循环体中还包含一个或多个循环结构，即双重循环或多重循环。

【例3－10】设8051单片机使用12MHz晶振（机器周期T为1μs），试设计延迟程序。

分析：在程序设计过程中，有时需要程序“等待”一会儿再去处理某些事情，称之为延时。计算机延时实际就是让计算机反复执行一些空操作，这样就能起到拖延时间的作用。

需要执行空操作次数的多少，取决于延时时间的长短，该程序流程图如图 3－15 所示。

源程序如下：

```
        ORG 1000H       ;周期数×执行次数
        MOV R0,#MT      ;1×1
DL:     NOP             ;1×MT
        NOP             ;1×MT
        DJNZ R0,DL      ;2×MT
        END             ;结束
```

该程序延时时间与系统所用的晶振、程序中每条指令的机器周期、执行次数 MT 等有关。设系统晶振为 12MHz，由此可得一个机器周期为：

$$T=\frac{1\text{s}}{12\times10^6}\times12=1\mu\text{s}$$

延时时间 $=T\times(1\times1+1\times MT+1\times MT+2\times MT)=1\mu s\times(1+MT+MT+2MT)$

若延时时间较长，可采用双重循环或多重循环来得到延时时间，其结构如图 3－16 所示。

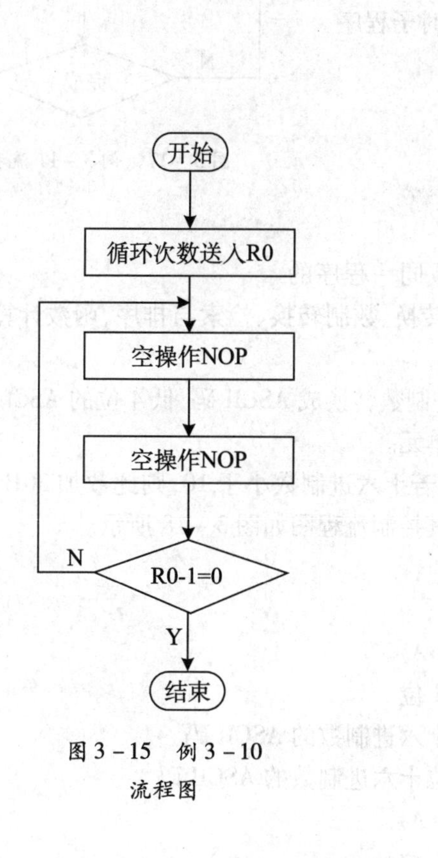


图 3－15　例 3－10 流程图

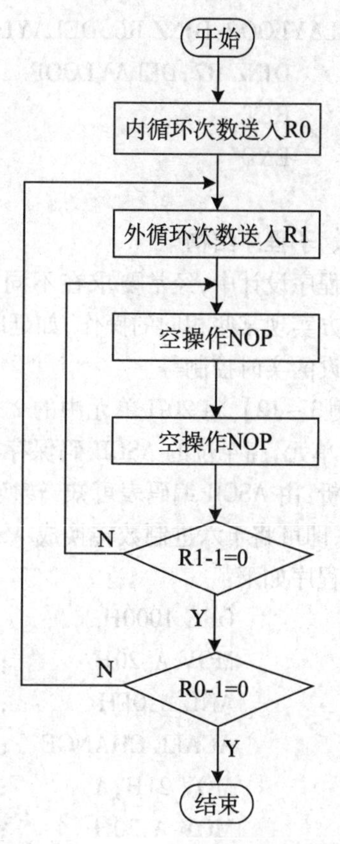


图 3－16　双重循环延时流程图

【例 3－11】用 P1 口做输出口，接 8 位发光二极管，程序功能使发光二极管单只从右到左轮流循环点亮。

分析：要将 P1 口依次点亮，可使用移位指令，由于单片机运行速度快，因此每次移位应加入一定的延时，其程序流程图如图 3－17 所示。

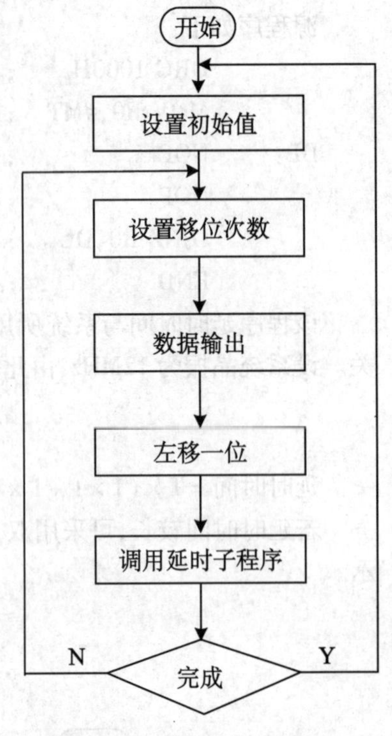


图 3－17　例 3－11 流程图

源程序如下：

```
ORG 1000H
LOOP:MOV A,#0FEH        ;设置初值
     MOV R2,#8          ;设置移位次数
OUTPUT:MOV P1,A         ;数据输出
     RL A               ;左移一位
     ACALL DELAY        ;调用延时子程序
     DJNZ R2,OUTPUT
     LJMP LOOP
DELAY:MOV R6,#0
     MOV R7,#0
DELAYLOOP:DJNZ R6,DELAYLOOP;延时子程序
      DJNZ R7,DELAYLOOP
      RET
      END
```

## 四、子程序结构

在程序设计中，经常要求在不同的程序或同一程序的不同地方实现某些相同的操作，如延时、代码转换、数制转换、检索与排序、函数计算以及对某些外设的实时控制等。

【例 3－12】将 20H 单元中的 2 个十六进制数转换成 ASCII 码，低 4 位的 ASCII 码保存在 21H 单元，高 4 位的 ASCII 码保存在 22H 单元。

分析：由 ASCII 编码表可知，转换方法为：若十六进制数小于 10，则此数加 30H，否则加上 37H，即可将十六进制数转换成 ASCII 码，其控制流程图如图 3－18 所示。

源程序如下：

```
ORG 1000H
MOV A,20H          ;(20H)→A
ANL A,0FH          ;屏蔽高 4 位
ACALL CHANGE       ;求低位十六进制数的 ASCII 码
MOV 21H,A          ;保存低位十六进制数的 ASCII 码
MOV A,20H          ;(20H)→A
ANL A,#0F0H        ;屏蔽低 4 位
SWAP A             ;高位十六进制数送低 4 位
ACALL CHANGE       ;求高位十六进制数的 ASCII 码
MOV 22H,A          ;保存高位十六进制数的 ASCII 码
```

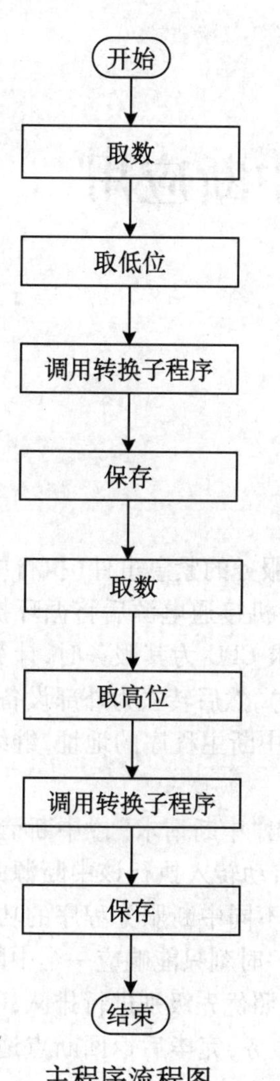

主程序流程图

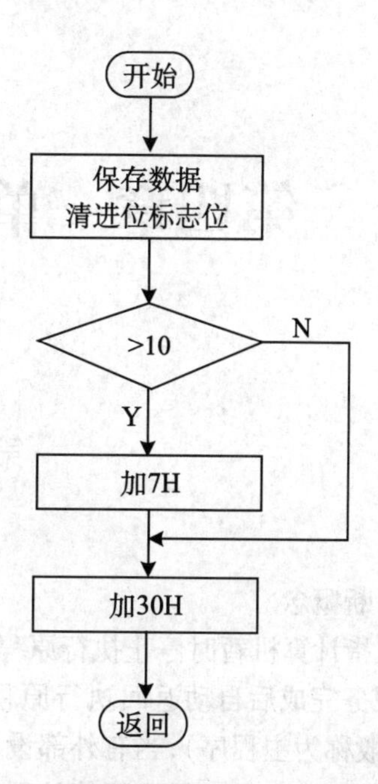

子程序流程图

图 3－18 例 3－12 流程图

```
          END
CHANGE：  PUSH A          ;操作数进栈保护
          CLR C           ;进位标志清零
          SUBB A,#0AH     ;与 10 比较
          POP A           ;取出操作数
          JC NUM          ;比 10 小转 NUM
          ADD A,#07H      ;大于等于 10 加 37H
NUM：     ADD A,#30H      ;加 30H
          RET
```

在设计子程序入口及出口的参数传递方法时,可根据具体情况灵活处理。

# 第四章　单片机的中断应用

## 第一节　概述

### 一、中断概念

中断是指计算机暂时停止执行原程序转而响应需要服务的紧急事件(执行中断服务程序),并在服务完成后自动返回执行原程序的过程。单片机接通电源后将循环执行编制好的程序(一般称为主程序),当有外部设备或内部部件要求CPU为其服务时,计算机将被迫“中断”执行主程序,并记录下暂停处程序地址(断点地址),然后转去为外部设备服务,即执行中断服务程序;在中断程序执行完毕后自动返回被迫中断主程序的地址,继续执行原程序。

中断由中断源产生,中断源在需要时可以向CPU提出“中断请求”,“中断请求”通常是一种电信号,CPU一旦对该电信号进行检测和响应便可自动转入执行该中断源的中断服务程序,并在执行完成后自动返回原程序继续执行,中断源不同中断服务程序的功能也不同。一片单片机系统可能有多个中断源,而单片机CPU在某一时刻只能响应一个中断源的中断请求,当多个中断源同时向CPU发出中断请求时,必须按照优先级别进行排队,CPU首先选定其中中断级别高的中断源为其服务,然后按顺序逐一服务,完毕后返回断点地址,继续执行原程序。中断控制方式有如下优点:

1. 提高CPU工作效率

采用中断控制方式后,CPU可通过分时操作启动多个外设同时工作,并能对它们进行统一管理。CPU执行主程序安排有关各外设开始工作,当任何一个设备工作完成后,通过中断通知CPU,CPU响应中断,在中断服务程序中为其安排下一工作,避免CPU和低速外部设备交换信息时的等待和查询,可大大提高CPU的工作效率。

2. 提高实时数据处理时效

在实时控制系统中,计算机必须及时采集被控系统的实时参量、越限数据和故障信息,并进行分析判断和处理,以便对系统实施正确调节和控制。计算机对实时数据的处理时效是影响产品质量和系统安全的关键。有了中断功能,系统的失常和故障都可通过中断立刻通知CPU,及时采集实时数据和故障信息,并对系统作出应急处理。

### 二、中断源

中断源是指引起中断的设备、部件或事件。通常中断源有如下几种:

1．外部设备中断源

外部设备主要为计算机输入和输出数据，是最常见的中断源。在用作中断源时，通常要求其在输入或输出数据时能自动产生一个“中断请求”信号（高电平或低电平），送到 CPU 的中断请求输入引脚供 CPU 检测和响应。例如打印机打印完一个字符时可通过打印中断要求 CPU 为其传送下一个打印字符，因此，打印机可以作为中断源。

2．控制对象中断源

在计算机用作实时控制时，被控对象常被用作中断源，用于产生中断请求信号，要求 CPU 及时采集系统控制参量、越限参数及要求发送和接收的数据等。例如电压、电流、温度、压力、流量和流速等超越的上限和下限、开关和继电器的闭合或断开等均可作为中断源来产生中断请求信号，要求 CPU 通过执行中断服务程序来加以处理。

3．故障中断

故障也可以作为中断源，CPU 响应中断对已发生故障进行分析处理，如掉电中断等。在掉电时，检测电路可以检测到它并产生一个掉电中断请求，CPU 响应中断，在电源滤波电容维持正常供电的很短时间内，通过执行掉电中断程序来保护现场和启动备用电池，以便在市电恢复正常前继续执行用户程序。

4．定时脉冲中断源

定时脉冲中断源又称定时器中断源，由定时脉冲电路或定时器产生。定时脉冲中断源用于产生定时器中断（有内部和外部之分）。内部定时器中断由单片机内部的定时器/计数器溢出时自动产生，故称为内部定时器溢出中断；外部定时器中断通常由外部定时电路的定时脉冲通过 CPU 的中断请求输入线引起。不论是内部定时器中断还是外部定时器中断都可使 CPU 进行计时处理，以便达到时间控制的目的。

### 三、中断优先级与中断嵌套

通常，一个 CPU 有若干中断源，在同一瞬间，只能响应其中一个中断请求。为了避免带来混乱，CPU 先响应中断优先级高的中断请求。中断优先级直接反映每个中断源的中断请求为 CPU 响应的优先程度，也是分析中断嵌套的基础。

和子程序类似，中断允许嵌套。在某一瞬间，CPU 因响应某一中断请求而执行它的中断服务程序时，若有中断优先级更高的中断源提出中断请求，即可把正在执行的中断服务程序停下，转而响应和处理中断优先权更高的中断请求，等到处理完成后再返回继续执行原中断服务程序，这就是中断嵌套。

中断系统是指能够实现中断功能的那部分硬件电路和软件程序。中断系统的功能通常为：中断优先级排队、实现中断嵌套、自动响应中断、实现中断返回等。

## 第二节　中断系统

### 一、中断源及中断系统构成

MCS－51 有 5 个中断源，分为内部中断源和外部中断源。外部中断源有两个，通常指由外部设备发出中断请求信号，从 P3.2 和 P3.3 引脚输入单片机，用电平触发和边沿触发两种方式申请中断。内部中断源有三个，两个定时器/计数器（T0，T1）中断源和一个串行口中断源，T0 和 T1 的中断申请是在它们计数从全“1”变为全“0”溢出时，自动向中断系统提出，串行口中断源的中断申请是在串行口每发送或接收完一个 8 位二进制数后，自动向中断系统提出。中断系统结构图如图 4-1 所示。

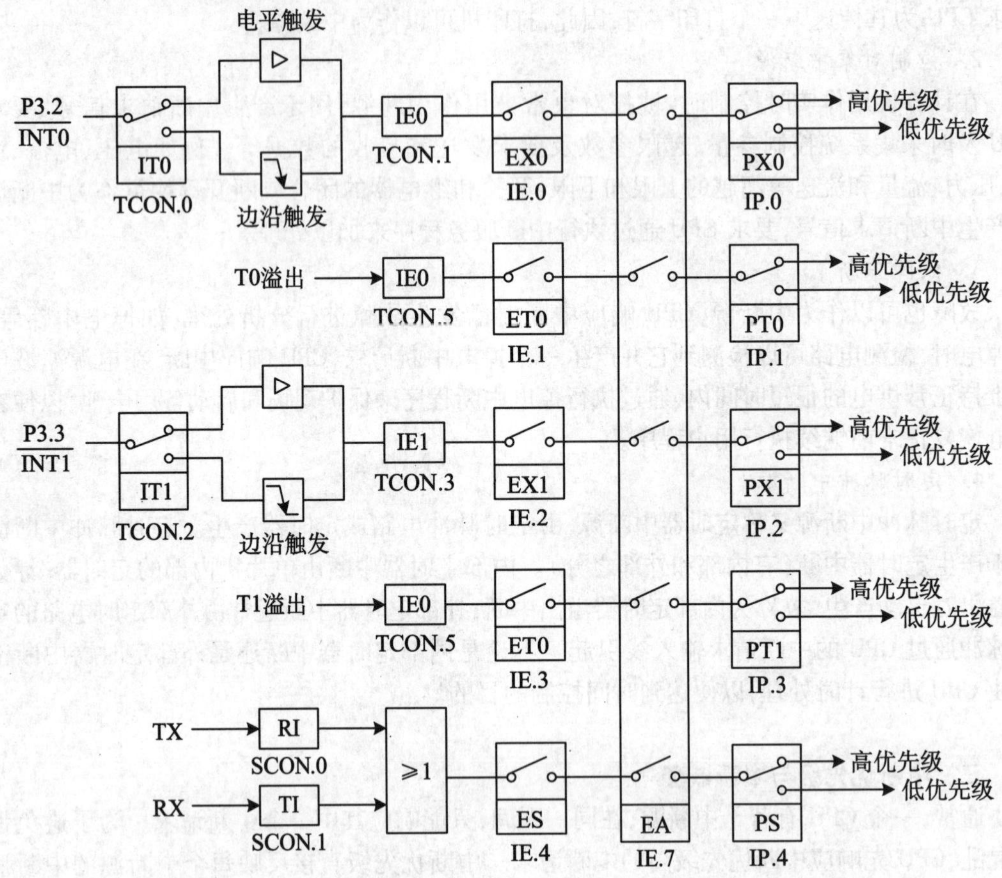


图 4-1 中断系统结构图

## 二、中断标志与中断控制

### 1. 定时器控制寄存器 TCON

定时器控制寄存器 TCON 各位的定义如图 4-2 所示。

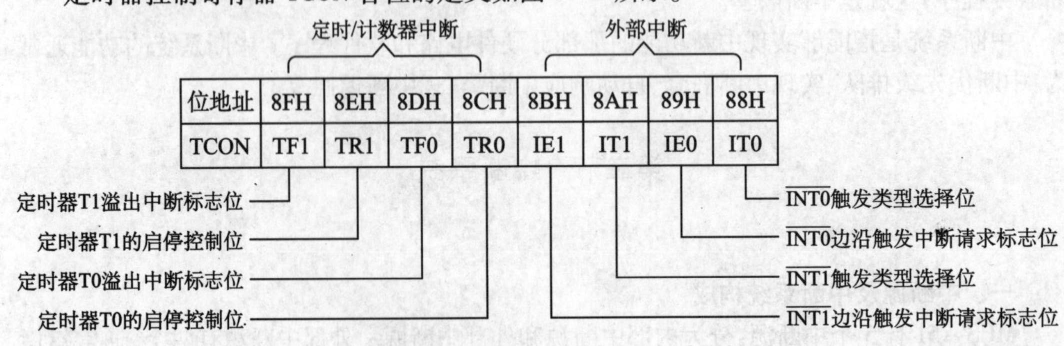


图 4-2 定时器控制寄存器 TCON

输入/输出设备的中断请求、系统故障的中断请求等都可以作为外部中断源，从引脚P3.2或P3.3输入。

外部中断请求$\overline{\text{INT0}}$、$\overline{\text{INT1}}$有电平触发及跳沿触发两种触发方式，由TCON的IT0位及IT1位选择。IT0(IT1)="0"时，为电平触发方式，当引脚P3.2($\overline{\text{INT0}}$)或P3.3($\overline{\text{INT1}}$)上出现低电平时就向CPU申请中断，CPU响应中断后撤消中断请求信号，使P3.2($\overline{\text{INT0}}$)或P3.3($\overline{\text{INT1}}$)恢复高电平。IT0(IT1)="1"时为跳沿触发方式，当引脚上出现负跳变时，该负跳变经边沿检测器使IE0(TCON.1)或IE1(TCON.3)置1，向CPU申请中断。CPU响应中断并转入中断服务程序时，由硬件自动清除IE0或IE1。CPU在每个机器周期采样P3.2($\overline{\text{INT0}}$)、P3.3($\overline{\text{INT1}}$)，为了保证检测到负跳变，引脚上的高电平与低电平至少应各自保持1个机器周期。

定时器/计数器计数溢出时，由硬件分别将TF0 ="1"或TF1 ="1"，向CPU申请中断。CPU响应中断并转入中断服务程序时，由硬件自动清除TF0或TF1。

2. 串行口控制寄存器SCON

串行口控制寄存器SCON中TI和RI两位的定义如图4-3所示。

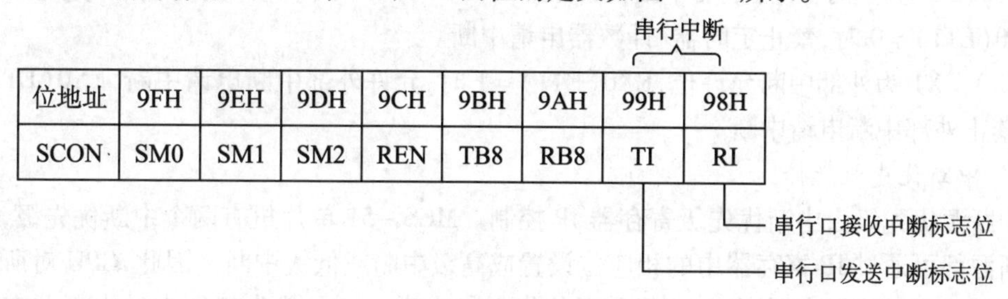


图4-3　串行口控制寄存器SCON

串行口中断由单片机内部串行口中断源产生，它分为单行口发送中断和串行口接收中断两种。在串行口发送/接收数据时，每当完成一组数据，串行口控制寄存器SCON中的RI ="1"或TI ="1"，并向CPU发出串行口中断请求，中断响应后转入中断服务程序执行。由于RI和TI作为一个中断源，所以需要在中断服务程序中安排对RI和TI中断标志位状态的判断程序，以区别其是接收中断请求还是发送中断请求，而且必须用软件清除TI和RI。

各中断源的中断标志被置位后，CPU能否响应受控制寄存器控制，这种控制寄存器在MCS-51单片机中有两个，即中断允许控制寄存器IE和中断优先级控制寄存器IP。

3. 中断允许控制

MCS-51单片机有多个中断源，中断的开放和关闭通过中断允许寄存器IE各位的状态进行两级控制。在CPU内部设置了一个中断允许触发器，只有在允许中断时，CPU才会响应中断。如果禁止中断，CPU不响应任何中断，即中断系统停止工作。为了便于灵活使用，在每一个中断请求信号的通路中设置了一个中断屏蔽触发器，控制各个中断源的开放或关闭。

中断允许寄存器IE控制着中断屏蔽触发器与中断允许触发器，中断允许寄存器IE的定义如图4-4所示。

IE中每一位都可由软件进行置"1"或清"0"，置"1"为中断允许，置"0"为中断屏蔽。

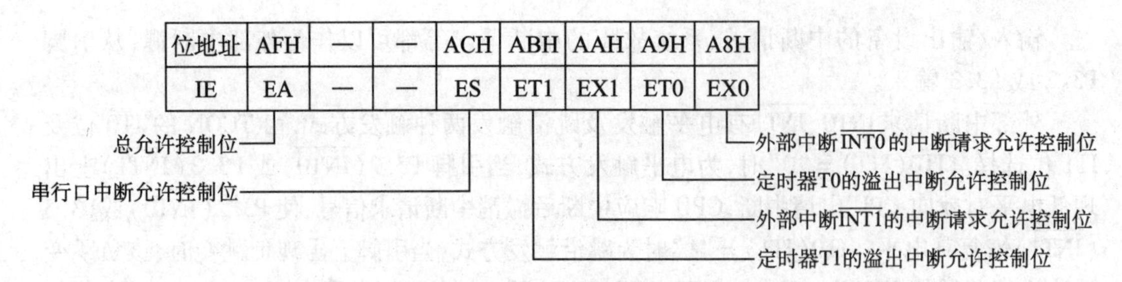


图4-4　中断允许寄存器IE

EA为CPU中断允许位,EA状态可由软件设定,若EA=0,禁止AT89C51所有中断源的中断请求;若EA=1,则总控制被开放,每个中断源是允许还是被禁止由CPU响应,另受控于中断源各自中断允许控制位的状态。

ES为串行接口中断允许位,ES =1时,允许串行接口中断,ES =0时,禁止串行接口申请中断。

ET0、ET1为定时器/计数器中断允许位,ET0(ET1)=1时,允许定时器/计数器申请中断,ET0(ET1)=0时,禁止定时器/计数器申请中断。

EX0、EX1为外部中断允许位,EX0(ET1)=1时,允许外部中断申请中断,EX0(ET1)=0时,禁止外部中断申请中断。

4. 中断优先权选择

中断源优先级由中断优先级寄存器IP控制。MCS-51单片机有两个中断优先级,每一个中断源都可通过IP寄存器中的相应位设置成高级中断或低级中断。因此,CPU对所有中断请求只能实现两级中断嵌套,高优先级的优先权也高。同一优先级别中的中断源有若干个,故有中断优先权排队问题,IP的定义如图4-5所示。

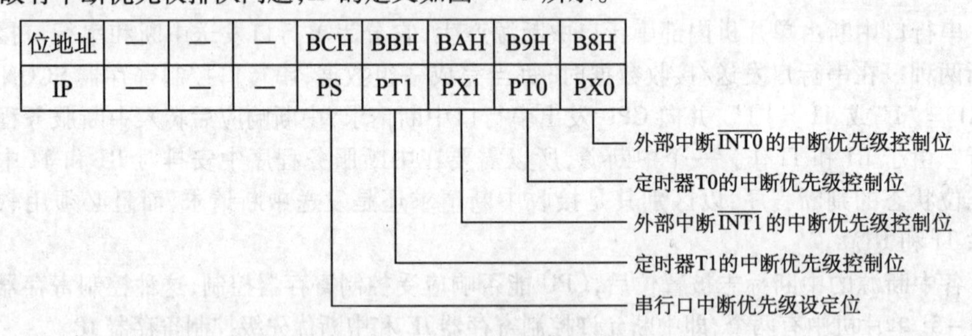


图4-5　中断优先级寄存器IP

IP中的每一位都可由软件来进行置"1"或清"0",置"1"为高优先级,清"0"为低优先级。

串行口中断优先级选择位PS:PS =1时,串行接口中断确定为高优先级,PS =0时,为低优先级。

PT0、PT1为定时器/计数器中断优先级选择位,PT0(PT1)=1时,定时器/计数器中断确定为高优先级,PT0(PT1)=0时,为低优先级。

PX0、PX1为外部中断中断优先级选择位,PX0(PX1)=1时,外部中断为高优先级,PX0

(PX1) =0 时,为低优先级。

如果同时接收到同样优先级请求,先接受哪一个请求由内部对中断源的查询次序决定。表4-1列出了同一优先级中断源的内部查询次序。

注意:同一优先级中的中断源优先权排队由中断系统的硬件确定,用户无法自行安排。

**表4-1　内部中断源的查询次序**

| 中断源 | 中断标志 | 优先查询次序 |
|---|---|---|
| 外部中断0 | IE0 | 高<br>↓<br>低 |
| 定时器/计数器0中断 | TF0 | |
| 外部中断1 | IE1 | |
| 定时器/计数器1中断 | TF1 | |
| 串行口中断 | RI+TI | |

CPU正在进行的中断过程不能被新的同级或低优先级的中断请求所中断,直到该中断服务程序结束,返回主程序且执行了主程序中的一条指令后,CPU才响应新的中断请求。在设置各中断源优先级时,需注意中断事件的轻重缓急和中断服务程序的执行时间。其执行原则是:紧急事件和处理时间短的中断优先级别高。

【例4-1】设某单片机应用系统中需处理的中断事件有:一路外部中断请求,两路定时/计数器中断和串行口中断。其中定时器1中断服务处理简单,服务程序短;外部中断较为紧急;串行口中断间隔时间长,服务程序长。请排定各中断源的中断优先级并确定中断控制字。

由于中断允许控制字IE的设置如图4-6所示,因此,IE = 10011011B = 9BH。

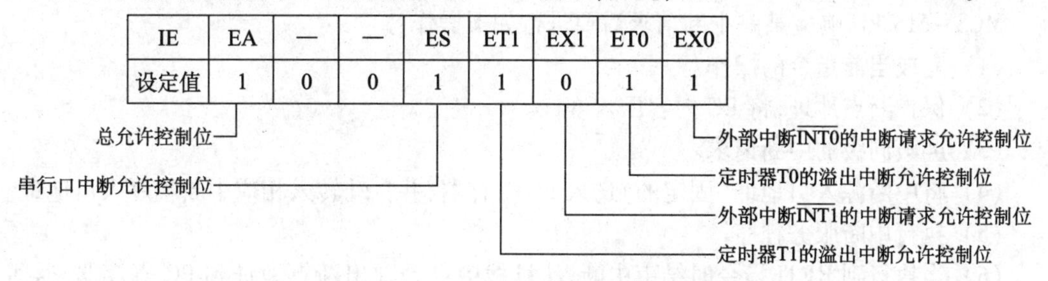


图4-6　中断允许控制字IE的设置

排定中断优先级:

定时器1设置为高优先级,外部中断从引脚INT0引入,优先级其次,定时/计数器0,串行口中断优先级别最低。根据表4-1可知,只需提高定时器1设置为高优先级即可。

中断优先级控制字IP的设置如图4-7所示,因此,IP = 00001000B = 08H。

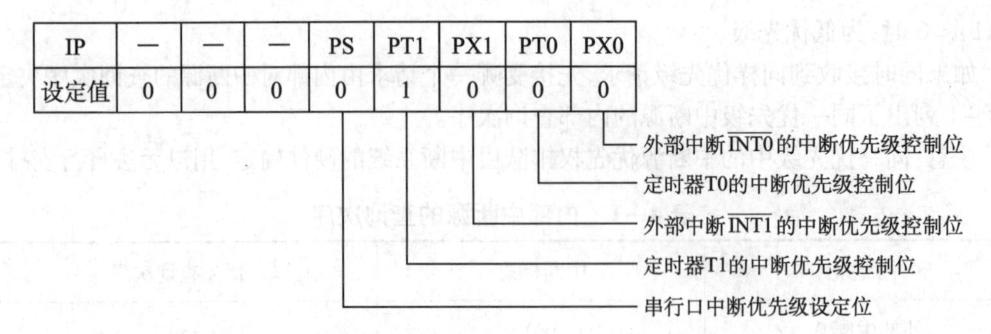


图 4-7 中断优先级控制字 IP 的设置

## 第三节 中断响应与中断服务程序

### 一、中断响应

MCS-51 CPU 在每个机器周期的结束时间,顺序采样各中断请求标志位,从中断允许控制寄存器 IE 中可看出,一个中断源发出请求后是否被 CPU 响应,首先必须得到 IE 寄存器的允许,即开中断,如不置位 IE 寄存器中的相应允许控制位,则所有中断请求都不能得到 CPU 的响应。如有置位,且满足下列 3 个条件,则在下一机器周期响应中断。否则,采样的结果被取消。其条件是:

(1) 没有同级或高优先级的中断正在处理。

(2) 现行的机器周期是所执行指令的最后一个机器周期。

(3) 正在执行的指令不是 RETI 或访问 IE、IP 指令。CPU 在执行 RETI 或访问 IE、IP 指令后,至少需要再执行一条其他指令后才会响应中断请求。

MCS-51 CPU 响应某一中断请求后要进行如下操作:

(1) 完成当前指令的操作。

(2) 保护断点地址,将 PC 内容压入堆栈。

(3) 屏蔽同级的中断请求。

(4) 将中断源入口地址(固定的)送入 PC 寄存器,并自动转入相应中断程序入口地址。

(5) 执行中断服务程序。

(6) 当执行到 RETI 指令时结束中断,从堆栈中自动弹出断点地址到 PC 寄存器,返回先前断点处继续执行原程序。

### 二、中断服务程序

各中断源对应的服务程序入口地址如表 4-2 所示,其中,中断源入口地址是固定的,不能更改。

表4－2　中断源对应的服务程序入口地址

| 中断源 | 中断程序入口地址 |
| --- | --- |
| 外部中断0 | 0003H |
| 定时器/计数器0中断 | 000BH |
| 外部中断1 | 0013H |
| 定时器/计数器1中断 | 001BH |
| 串行口中断 | 0023H |

通常,由于中断程序入口地址之间的存储区域较小,因此,采用ORG伪指令来规定该指令后面的目标程序存放的起始地址。

中断源发出中断请求后,CPU首先将相应的中断标志位置位,然后通过对该标志位进行检测来决定是否响应。一旦CPU响应某中断请求后,在该中断程序结束前(RETI),必须把它的中断标志复位,否则CPU在返回主程序后将再次响应同一中断请求。

中断标志位的清除(复位)有两种方法,即硬件复位和软件复位。串行口中断请求,CPU响应后,没有用硬件直接清除其中断标志TI(SCON.1,发送中断标志)、RI(SCON.0,接收中断标志)的功能,必须靠软件复位清除。因此,在响应串行口中断请求后,必须在中断服务程序中的相应位置通过指令将其清除(复位)。

中断响应时,硬件只将返回地址压入堆栈,若在中断服务程序中使用其他寄存器,则需要在中断服务程序中保护中断现场。通常是将累加器A和程序状态字PSW压入堆栈。通用寄存器可采用切换工作寄存器组的方法进行保护。中断返回前,按顺序恢复现场。

中断服务程序的最后一条指令必须是中断返回指令RETI。CPU执行该指令时,先将相应的优先级状态触发器清零,然后从堆栈中弹出栈顶的两个字节到计算机,从而返回到断点处。保护现场及恢复现场的工作必须由用户设计的中断服务程序处理。外部中断为电平触发方式时,中断请求的撤除也要由中断服务程序来实现。串行接口中断时,中断服务程序中应有清除RI或TI的操作。

注意:中断服务程序的执行时间应小于两次中断事件的间隔时间。若中断服务要处理的工作比较复杂,程序执行时间较长,可以在中断服务程序中设置标志,而在主程序中处理有关服务,这样可以保持中断系统响应其他中断申请的灵敏度。

【例4－2】用INT0(P3.1)端口做输入,接单次脉冲发生器。P1.0端口做输出,连接LED灯。连续按动单次脉冲产生电路的按键,发光二极管每按一次状态取反,即第一次按下单次脉冲按键LED灯点亮,第二次按下单次脉冲按键LED灯熄灭,第三次按下单次脉冲按键LED灯点亮……

分析:中断控制是提供给用户使用的中断控制手段,51系列单片机用于此目的的控制寄存器有4个:TCON、IE、SCON及IP。外部中断的初始化设置有3项:中断总允许,即EX0＝1;外部中断允许,即EA＝1;中断方式设置。中断方式设置为脉冲方式中断请求信号,由引脚INT0(P3.2)引入。中断服务的关键是保护进入中断时的状态,同时必须在中断服务程序中设定是否允许中断,即设置EX0位。堆栈有保护断点和保护现场的功能,可使用PUSH和POP指令,在转换中断服务程序之前,把单片机中有关寄存单元的内容保护起来。其控制流程图如图 4-8 所示。

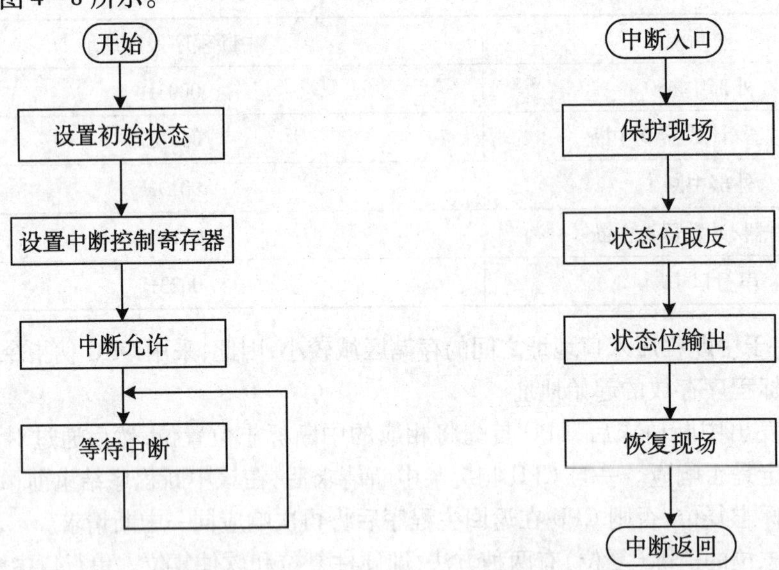


(a)主程序控制流程图　　(b)中断服务控制程序流程图

图 4-8　例 4-2 控制流程图

源程序如下：

```
       LED BIT P1.0
       LEDBUF BIT 0
       ORG 0000H
       LJMP START
       ORG 0003H           ;外部中断 0 入口地址
       LJMP INT
START: CLR LEDBUF
       CLR LED
       MOV TCON,#01H       ;外部中断 0 下降沿触发
       MOV IE,#81H         ;开总中断及外部中断允许位
       LJMP $
       END
INT:   PUSH PSW            ;保护现场
       CPL LEDBUF          ;取反 LED
       MOV C,LEDBUF
       MOV LED,C
       POP PSW             ;恢复现场
       RET1
```

【例 4-3】现有 4 台外围设备 X1 ~ X4，需向 MCS-51 单片机申请中断，而当前单片机只有$\overline{\text{INT0}}$和 P1 口可供使用，试设计相应的电路并编写其程序。

分析：根据要求，4 台外围设备 X1 ~ X4 相当于 4 个中断源，利用中断查询方法，可将 4

个中断源归结为一个中断请求。同时,4 个故障信号引到 P1 口的 4 个输入端,然后在中断程序中查询 P1 口,以便确定是哪一个故障申请的中断。其电路如图 4 -9 所示。若单片机必须响应中断,则该中断必须设置成最高级中断,在中断程序中可以显示故障信息。

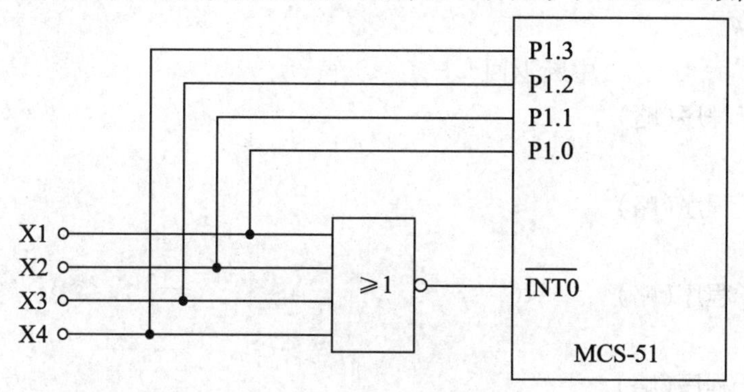


图 4 -9　扩展外中断源电路

源程序如下:

```
         ORG 0000H        ;单片机启动后入口地址
         AJMP ZX1         ;转主程序
         ORG 0003H        ;外部中断 0 入口地址
         AJMP INT0        ;转中断程序
         ORG 0100H
ZX1:     MOV SP,#30H      ;置堆栈指针
         MOV IP,#01H      ;设INT0为最高级
         CLR IT0          ;设INT0为电平触发
         SETB EA          ;开中断
         SETB EX0
ZX2:     其他处理程序
         AJMP ZCX2
         ORG 0200H

INT0:PUSH PSW            ;保护现场
     PUSH A
     MOV A,P1            ;读入 P1 口低 4 位状态
     ANL A,#0FH
     JNB ACC.0,X1        ;是 X1 中断吗? 不是则转移
     ACALL XY1           ;调 X1 处理子程序
X1:  JNB ACC.1,X2;       ;是 X2 中断吗? 不是则转移
     ACALL XY2           ;调 X2 处理子程序
X2:  JNB ACC.2,X3        ;是 X3 中断吗? 不是则转移
     ACALL XY3           ;调 X3 处理子程序
```

```
X3:  JNB ACC.3,X4        ;是X4中断吗？不是则转移
     ACALL XY4           ;调X4处理子程序
X4:  POP  ACC
     POP  PSW
RETI                     ;中断返回
XY1:X1处理子程序(略)
     RET
XY2:X2处理子程序(略)
     RET
XY3:X3处理子程序(略)
     RET
XY4:X4处理子程序(略)
     RET
```

# 第五章　单片机的定时与计数

## 第一节　定时器/计数器的结构

定时器/计数器结构框图如图 5－1 所示。与定时器/计数器有关的寄存器有 TCON、TMOD、TH1、TL1、TH0、TL0。

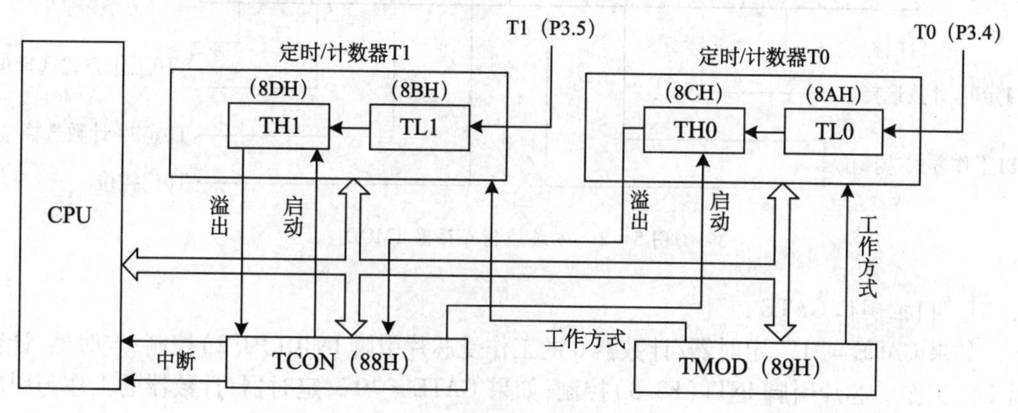


图 5－1　定时器/计数器结构框图

TH0 是定时器/计数器 T0 的高 8 位，TL0 是它的低 8 位；TH1 是定时器/计数器 T1 的高 8 位，TL1 是它的低 8 位。即由寄存器 TH0、TL0 及 TH1、TL1 组成的两个 16 位加法计数器是定时器/计数器的核心。

作为定时器用时，加法计数器对内部机器周期脉冲 $T_c$ 计数。由于机器周期的时间确定，所以对 $T_c$ 的计数也就是定时，如使用 12MHz 晶振，$T_c = 1\mu s$，当计数值为 10000 时，相当于定时 10ms。

作为计数器用时，加法计数器对芯片引脚 T0(P3.4)或 T1(P3.5)上输入的脉冲进行计数。每个机器周期采样一次引脚电平，前一次检测为“1”，后一次检测为“0”，加法计数器加 1。

注意：采样外部脉冲“0”和“1”的持续时间不能少于一个机器周期，由于需要两个机器周期才能识别高电平到低电平的跳变，所以外部计数脉冲的频率应小于两个机器频率 $f_{osc}/24$。如使用 12MHz 时钟，计数频率不能超过 500kHz。

定时器/计数器是一个二进制的加 1 寄存器，启动后即开始从设定的初始值开始加 1 计数，计数满后能自动产生溢出中断请求。定时与计数两种模式下的计数方式不同，在定时器模式时，每个机器周期寄存器增 1，即寄存器对机器周期计数。

加法计数器的初始值可由程序设定，初始值不同，计数值或定时时间也不同。计数器在计数满后能自动使 TCON 中的 TF0(TF1)置位,表示计数器产生了溢出,若此时中断是开放的,CPU 将响应计数器的溢出中断请求。

## 第二节 定时器/计数器的控制

### 一、定时器/计数器方式控制寄存器 TMOD

寄存器 TMOD 用来确定定时器/计数器的工作方式(0 和 1),其低 4 位用于定时器/计数器 T0,高 4 位用于定时器/计数器 T1。TMOD 格式如图 5-2 所示。

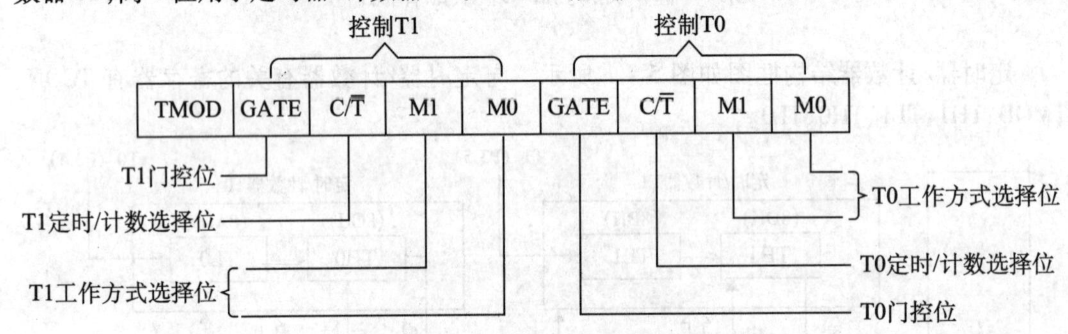


图 5-2 方式控制寄存器 TMOD

1. 门控制位 GATE

如果 GATE="1",定时器/计数器 0 的工作受芯片引脚 INT0(P3.2)控制,定时器/计数器 1 的工作受芯片引脚 INT1(P3.3)控制;如果 GATE="0",定时器/计数器的工作与引脚 INT0、INT1 无关。复位时 GATE="0"。

2. 定时器/计数器功能选择位 $C/\overline{T}$

$C/\overline{T}$="1"为计数器工作方式,$C/\overline{T}$="0"为定时器工作方式。

3. 定时器/计数器工作方式选择位 M1、M0

定时器/计数器的 4 种工作方式由 M1、M0 的值决定,如表 5-1 所示。

**表 5-1 定时器/计数器工作方式**

| M1 | M0 | 工作方式 | 说明 |
|---|---|---|---|
| 0 | 0 | 方式 0 | 13 位定时器/计数器 |
| 0 | 1 | 方式 1 | 16 位定时器/计数器 |
| 1 | 0 | 方式 2 | 具有自动重装初值的 8 位定时器/计数器 |
| 1 | 1 | 方式 3 | 定时器/计数器 T0 分为两个 8 位定时器/计数器,定时器/计数器 T1 在方式 3 下停止 |

### 二、定时器/计数器控制寄存器 TCON

寄存器 TCON 高 4 位用于控制定时器 T0、T1 的运行,其中 D7、D6 用于定时器/计数器 1,D5、D4 用于定时器/计数器 0;其低 4 位用于控制外部中断,与定时器/计数器无关。TCON 格式如图 5-3 所示。

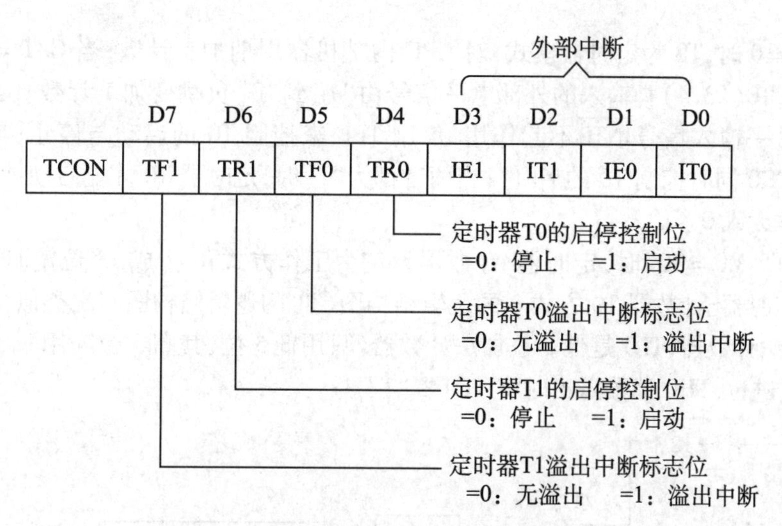


图 5－3 定时器/计数器控制寄存器 TCON

1. 定时器/计数器运行控制位 TR0、TR1

当 TR0(TR1)＝"1"时,启动定时器/计数器 T0(T1)的工作;当 TR0(TR1)＝"0"时,停止定时器/计数器 T0(T1)的工作。TR0(TR1)由软件置"1"或清"0"。

2. 定时器/计数器溢出中断标志 TF0、TF1

定时器/计数器 T0(T1)计数满后溢出时,由硬件自动置 TF0(TF1)＝"1"。在中断允许的条件下,向 CPU 发出定时器/计数器的中断请求信号,CPU 响应中断,转入中断服务程序时,TF0(TF1)由硬件自动清零。在中断屏蔽条件下,TF0(TF1)可作查询测试用,但需用程序清"0"。

## 三、定时器/计数器的 4 种工作方式

定时器/计数器 T0、T1 在 TMOD 和 TCON 联合控制下进行定时或计数工作,其输入时钟和控制逻辑可用图 5－4 表示。

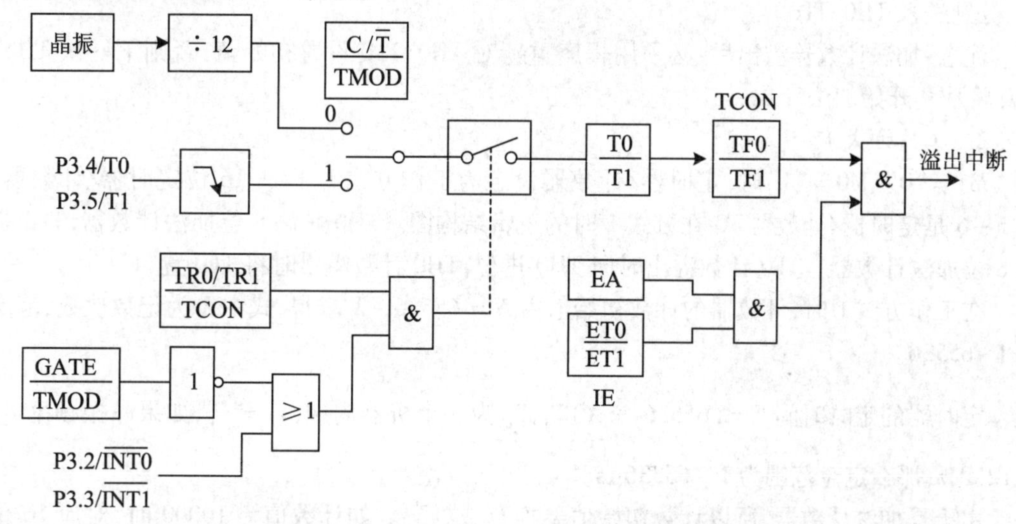


图 5－4 T0 和 T1 输入时钟与控制逻辑图

当 $C/\overline{T}=0$ 时，T0 为定时器模式，对 CPU 内部机器周期加 1 计数；当 $C/\overline{T}=1$ 时，T0 为计数器模式，T0(P3.4)脚输入的外部电平信号由“1”到“0”负跳变加 1 计数。当 GATE = 0 时，或门的另一输入信号 $\overline{INT0}$ 不起作用，仅用 TR0 来控制 T0 的启动与停止；当 GATE = 1 时，$\overline{INT0}$ 和 TR0 同时控制 T0 的启/停；当两者都为“1”时，定时器 T0 才能启动计数。

1. 工作方式 0

M1 = “0”、M0 = “0”时，定时器/计数器设定为工作方式 0，构成 13 位定时器/计数器。图 5 - 5 是定时器/计数器 T0 方式 0 的逻辑结构图（T1 的逻辑结构图与之类似）。图中 TH0 是高 8 位加法计数器，TL0 是低 5 位加法计数器（只用低 5 位，其高 3 位未用）。TL0 计数溢出时向 TH0 进位，TH0 计数溢出时将 TF0 置“1”。

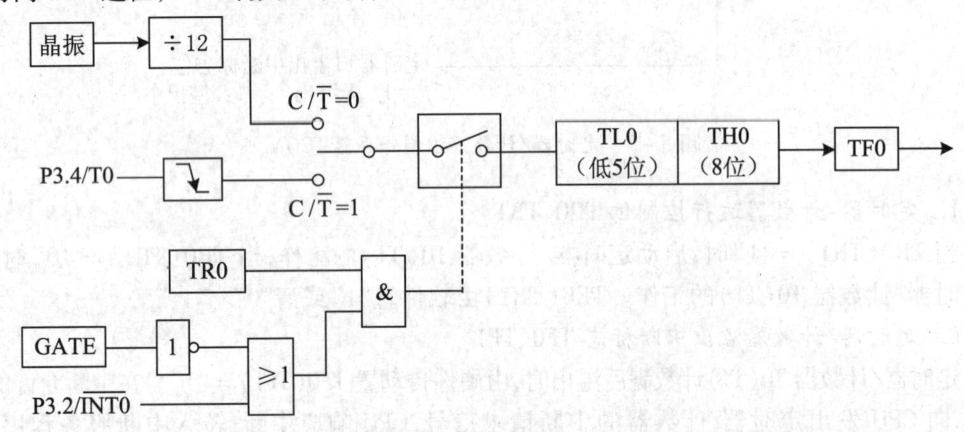


图 5 - 5 定时器/计数器 T0 在方式 0 时的逻辑结构图

可用程序将 1 ~ 8192 的某一数送入 TH0、TL0 作为初始值，TH0、TL0 从初始值开始加法计数，直至溢出，所设置的初始值不同，定时时间或计数值也不同。由于 TL0 只用低 5 位，设置初始值要将计数初始值转换成二进制数，在 D4 与 D5 之间插入 3 个“0”，再分成 2 个字节，分别送入 TH0、TL0。

注意：加法计数器溢出后，必须用程序重新对 TH0、TL0 设置初始值，否则下一次 TH0、TL0 将从 0 开始加法计数。

2. 工作方式 1

M1 = “0”、M0 = “1”时，定时器/计数器设定为工作方式 1，构成 16 位定时器/计数器。图 5 - 6 是定时器/计数器 T0 在方式 1 时的逻辑结构图。TH0 是高 8 位加法计数器，TL0 是低 8 位加法计数器。TL0 计数溢出时向 TH0 进位，TH0 计数溢出时将 TF0 置“1”。

在工作方式 1 时，计数器的计数初始值由 $N = 65536 - X$ 求得，式中 $X$ 为记数次数，范围为 1 ~ 65536。

定时器的定时时间 $T = (65536 - X)T_c$，$T_c$ 为一个机器周期，$T_c = \frac{f_{osc}}{12}$，如果晶振频率 $f_{osc}$ = 12MHz，那么定时范围为 1 ~ 65536μs。

由于是加法计数器，所以计数初始值要换算成补码。如计数值为 10000 时，对应 16 位计数器的十六进制补码为 0D8F0H。在定时器/计数器的工作过程中，加法计数器的内容可用程序读回 CPU。

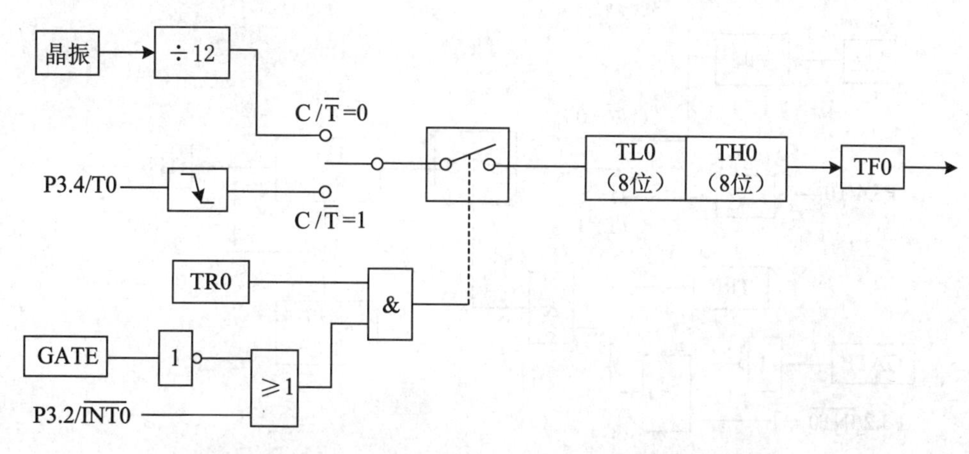


图 5-6　定时器/计数器 T0 在方式 1 时的逻辑结构图

【例 5-1】已知振荡器振荡频率 $f_{osc}$ = 12MHz，要求定时器/计数器 T0 产生 20ms 定时，试编写初始化程序。

由于定时时间大于 8192μs，故应选用工作方式 1。

(1) TH0、TL0 初值的计算：由于 $T_c$ = 1μs，故有

$$T = (65536 - X)T_c = (65536 - X) \times 1\mu s = 10ms$$

得：X = 45536 = B1E0H

即：TH0 = 0B1H，TL0 = 0E0H

(2) 方式寄存器 TMOD 的编程：TMOD 各位的内容确定如下：

定时器/计数器 0 设定为工作方式 0，C/$\overline{T}$(TMOD.2) = "0"；非门控方式，GATE(TMOD.3) = "0"；采用工作方式 1，M1(TMOD.1) = "0"，M0(TMOD.0) = "1"，定时器/计数器 1 没有使用，相应的 D7～D4 为随意态"X"，若取"X"为 0，则(TMOD) = 01H。

(3) 初始化程序：

```
START:  MOV TL0,#0E0H        ;定时器/计数器 0 写入初值
        MOV TH0,#0B1H
        MOV TMOD,#01H        ;设定为定时器/计数器 0 工作方式
        SETB TR0             ;启动定时器/计数器 0
```

执行指令 SETB TR0 后，定时器/计数器 0 开始定时，20ms 后，硬件使 TF0 = "1"，向 CPU 申请中断。在中断服务程序中需要重新对 TH0、TL0 设置初值。

3. 工作方式 2

M1 = "1"、M0 = "0"时定时器/计数器设定为工作方式 2，定时器/计数器被设置成一个 8 位计数器 TL0(或 TL1)和一个具有计数初值重装功能的 8 位寄存器 TH0(或 TH1)。如图 5-7 所示为定时器/计数器 T0 在工作方式 2 时的逻辑结构图。

图中 TL0 作为 8 位加法计数器使用，TH0 作为初值寄存器用。TH0、TL0 的初值由软件预置。TL0 计数满溢出时，不仅置位 TF0，而且发出重装载信号，使三态门打开，将 TH0 中初值自动送入 TL0，TL0 从初值开始重新计数。重新装入初值后，TH0 的内容保持不变。工作方式 2 的计数范围为 0～256，$f_{osc}$ = 12MHz 时，定时范围为 1～256μs。

由于工作方式 2 不需要在中断服务程序中重新设置计数初值，所以特别适用于定时时

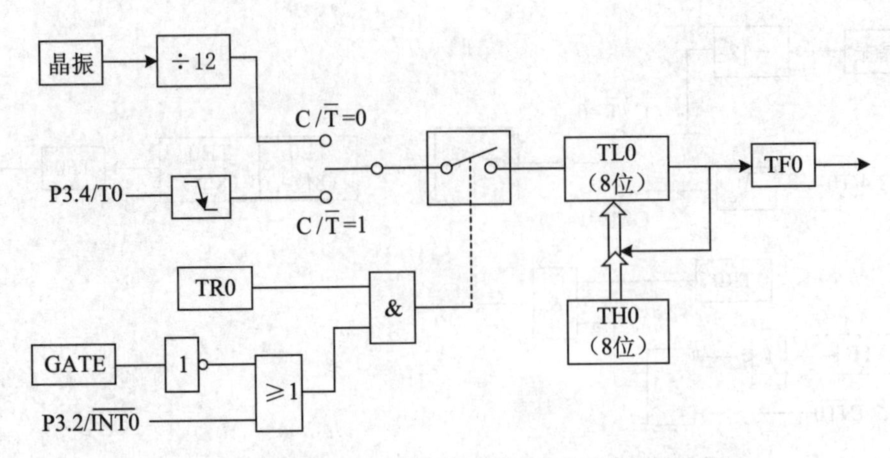


图 5-7　定时器/计数器 T0 在工作方式 2 时的逻辑结构图

间较短定时的控制。

4. 工作方式 3

M1 = “1”、M0 = “1”时,定时器/计数器 T0 处于工作方式 3,工作方式 3 仅对定时器/计数器 T0 有意义,此时定时器/计数器 T1 可以设置为其他工作方式。若要将定时器/计数器 T1 设置为工作方式 3,则定时器/计数器 T1 将停止工作。图 5-8 所示为定时器/计数器 T0 在方式 3 时的逻辑结构图。

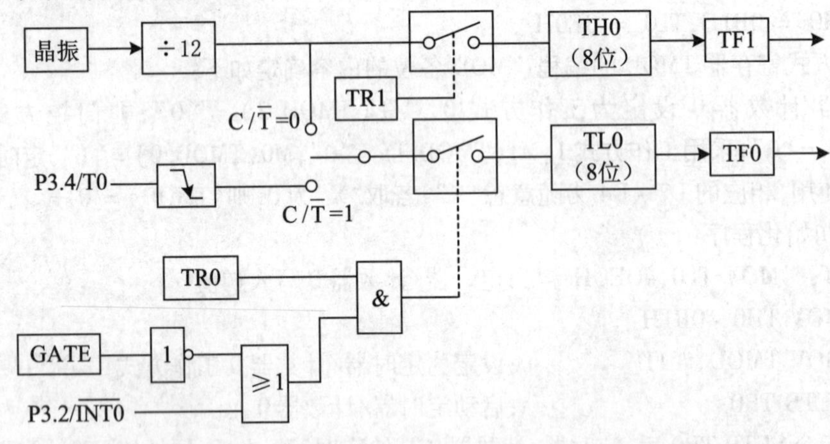


图 5-8　定时器/计数器 T0 在工作方式 3 时的逻辑结构图

TL0、TH0 成为两个独立的 8 位加法计数器。TL0 使用定时器/计数器 0 的状态控制位 C/T̄、GATE、TR0 及引脚 INT0,它的工作情况与方式 0、方式 1 类似,仅计数范围为 1~256,定时范围为 1~256μs($f_{osc}$ = 12MHz 时)。TH0 只能作为非门控方式的定时器,它借用了定时器/计数器 1 的控制位 TR1、TF1。

定时器/计数器 0 采用工作方式 3 后,MCS-51 单片机就具有 3 个定时器/计数器,即 8 位定时器/计数器 TL0,8 位定时器 TH0 和 16 位定时器/计数器 1(TH1、TL1)。定时器/计数器 1 虽然还可以选择为方式 0、方式 1 或方式 2,但由于 TR1 和 TF1 被 TH0 借用,不能产生溢出中断请求,所以只用作串行口的波特率发生器。

## 第三节　定时器的应用

应用定时器/计数器时应注意两点:一是初始化(写入控制字);二是计算计数初值。

### 一、初始化

初始化步骤如下:

(1) 根据设计需要先确定定时器/计数器的工作模式及工作方式,然后将相应的控制字送入 TMOD 寄存器中。

(2) 计算出计数初始值并写入 TH0、TL0、TH1、TL1 中。

(3) 通过对中断优先级寄存器 IP 和中断允许寄存器 IE 的设置,确定计数器的中断优先级和是否开放中断。

(4) 给定时器控制寄存器 TCON 送命令字,控制定时器/计数器的启动和停止。

### 二、初值的计算

定时器/计数器 T0、T1 不论是工作在计数器模式还是定时器模式下,都是加 1 计数器,因而写入计数器的初始值和实际计数值并不相同,两者的换算关系如下:设实际计数值为 $C$,计数最大值为 $M$,计数初始值为 $X$,则

$$X = M - C$$

其中,计数最大值在不同工作方式下的值不同,如表 5-2 所示。

**表 5-2　不同工作方式对应的最大值**

| 工 作 方 式 | 最 大 值 |
|---|---|
| 方式 0 | $M = 2^{13} = 8192$ |
| 方式 1 | $M = 2^{16} = 65536$ |
| 方式 2 | $M = 2^{8} = 256$ |
| 方式 3 | $M = 2^{8} = 256$ |

这样,在计数器模式和定时器模式下,计数初值都是 $X = M - C$(十六进制数)。

定时器模式下对应的定时时间 $T$ 为

$$T = C \cdot T_{机} = (M - X) \cdot T_{机}$$

式中,$T_{机}$ 为单片机的机器周期($T_{机}$ 为晶振时钟周期的 12 倍)。

【例 5-2】 单片机晶振 $f_{osc} = 12$ MHz,利用定时器/计数器 T0 定时,在 P1.0 引脚输出 2000Hz 方波。

设 T0 为工作方式 2,设置为定时状态,定时时间为方波周期的 1/2 即 0.25ms,只需查询 0.25ms 时间是否到达,若到达则将 P1.0 的状态取反。

(1) 设置 TMOD 控制字:定时器/计数器 T0 为定时器工作方式,C/T(TMOD.2) = "0";非门控方式,GATE(TMOD.3) = "0";采用工作方式 2,M1(TMOD.1) = "1",M0(TMOD.0) = "0",定时器/计数器 T1 没有使用,相应的 D7 ~ D4 为随意态"X",若取"X"为 0,则

(TMOD) = 02H。

(2) 计算0.25ms定时的T1初始值:由 $f_{osc}=12MHz$ 得 $T_c=1\mu s$,工作方式2时有:

$$T=(256-X)T_c=(256-X)\times 1\mu s=250\mu s$$

$$X=6$$

得:TH0 =00H, TL0 = 06H。

采用查询方式的控制流程图如图5-9所示。

采用查询方式的源程序如下:

```
       ORG 0100H
LOOP1:MOV TMOD,# 02H       ;设置定时器/计数器工作方式
       MOV TH0,# 00H        ;设置定时初始值
       MOV TL0,#06H
       SETB TR0             ;启动定时器/计数器 T0
LOOP2:JBC TF0,LOOP         ;定时时间不到循环等待
       CLR TF0
       CLR TR0
       CPL P1.0             ;P1.0 状态取反
       SJMP LOOP1
```

采用中断方式的控制流程图如图5-10所示。

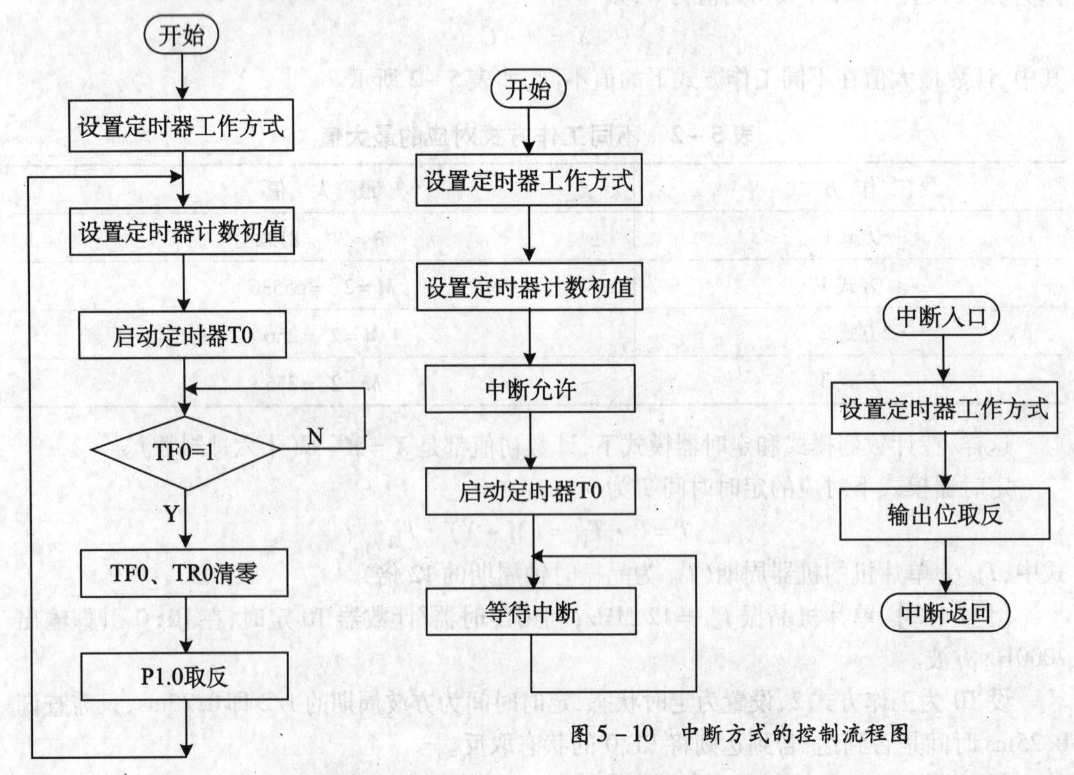


图5-9 查询方式的控制流程图

图5-10 中断方式的控制流程图

采用中断方式的源程序如下：

```
        ORG 0000H
        AJMP ZCX            ;转主程序
        NOP
        ORG 000BH           ;T0 中断入口
        AJMP INT
        ORG 0100H
ZCX:    MOV TMOD,#02H       ;设置 T0 工作方式
        MOV TL0,#06H        ;设置 T0 初值
        MOV TH0,#00H
        SETB EA             ;CPU 开中断
        SETB ET0            ;允许 T0 中断
        SETB TR0            ;启动 T0
LOOP:   AJMP LOOP
        END

INT:    MOV TL0,#06H        ;中断服务程序送定时初值
        MOV TH1,#00H
        CPL P1.0            ;P1.0 取反
        RET1                ;中断返回
```

【例5-3】单片机晶振 $f_{osc}$ = 6MHz，要求 P1.0、P1.1 交替发光并以每秒一次的频率闪烁。闪烁周期为 1s，亮、灭各占一半，定时时间需要 500ms。使用 6MHz 晶振，单片机最长定时时间仅为 131ms，所以需要采用软件记数方法扩展定时时间。

使用定时器/计数器 T1，定时方式，工作方式 1。

设置 TMOD 控制字：TMOD ＝ 10H。

使用 6MHz 晶振，机器周期为 2μs，设定时间 100ms，定时初值：100 ms/2μs ＝50000，其十六进制补码为 3CB0H。定时器溢出 5 次为 500ms。软件流程如图 4－11 所示。

程序如下：

```
        ORG 0100H
LED1:   MOV TMOD,#10H ;设置定时器工作方式
        SETB P1.0     ;输出初始状态
        CLR P1.1
LOOP1:  MOV R2,#05H   ;设定循环次数
LOOP2:  MOV TL0,#0B0H ;送定时常数
        MOV TH0,#3CH
        SETB TR1      ;启动定时器
LOOP3:  JBC TF1,LOOP3 ;循环等待定时时间到
        CLR TF1       ;清溢出标志
```

```
CLR TR0          ;停止定时器
DJNZ R2,LOOP2    ;软件计数 -1≠0 循环
XRL P1,#03H      ;P1.0、P1.1 求反
SJMP LOOP1       ;循环
```

【例 5－4】利用单片机定时器/计数器测量脉冲信号频率。

频率定义为单位时间 1s 内的周期数,用定时器/计数器测频率,需要用一路定时器产生单位时间,另一路计数器对脉冲计数。若被测量的信号频率较高,而测量精度有限的话,单位时间可以小于 1s。单位时间选用 10ms,其间计的脉冲数乘以 100 即为信号频率。

(1) 设置工作方式:设单片机系统时钟频率 $f_{osc}$ = 12MHz,定时器/计数器 1 定时,工作方式 1,产生 10ms 单位时间;定时器/计数器 0 计数,工作方式 1。

TMOD = 00010101B = 15H

(2) 计数初值:定时器 1 计数值 10000,计数初值的十六进制补码为 0D8F0H。

计数器 0 计数初值为 0000H。

控制程序流程图如图 5－12 所示。

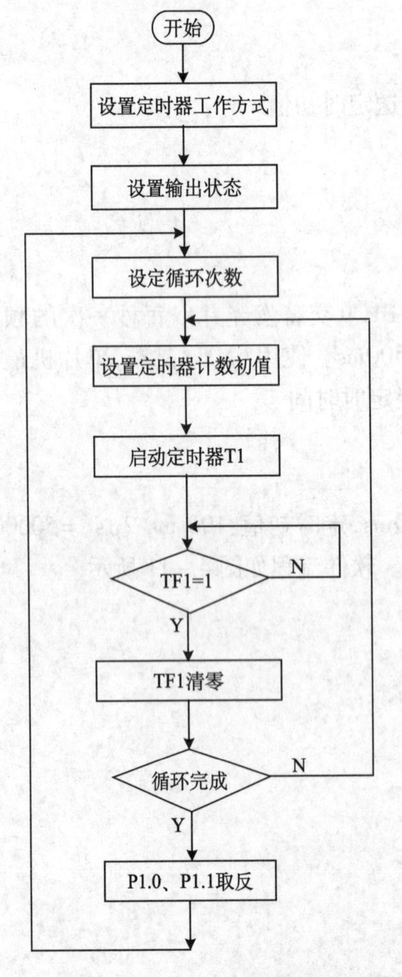


图 5－11 例 5－3 控制流程图

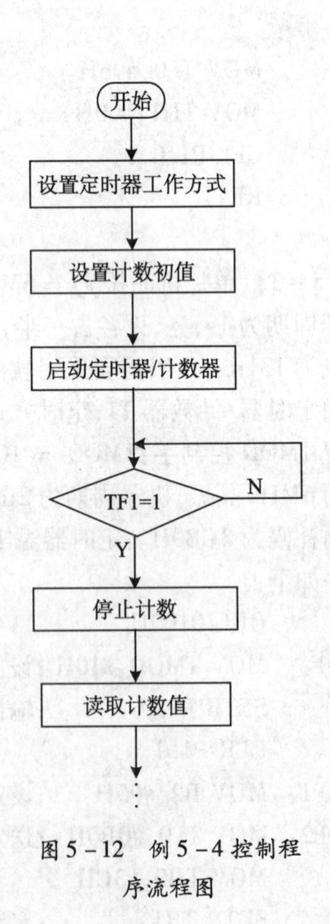


图 5－12 例 5－4 控制程序流程图

源程序清单如下：

```
        ORG 0100H
FREQ:   MOV TMOD,#15H       ;设置工作方式
        MOV TH0,#00H        ;送计数初值
        MOV TL0,#00H
        MOV TH1,#0D8H
        MOV TL1,#0F0H
        MOV TCON,#50H       ;启动定时器/计数器
LOOP:   JNB TF1,LOOP        ;等待单位时间到
        MOV TCON,#00H       ;停止计数
        MOV R2,TH0          ;读出计数值
        MOV R3,TL0
    ……
```

将 R2、R3 中的计数值转换成 BCD 码，即为频率，单位是 0.1kHz，用此种方式测量的频率上限为 500kHz。

# 第六章 单片机的串行通信

## 第一节 串行通信基础

### 一、串行通信分类

按照单片机串行数据的时钟控制方式，串行通信分为异步通信和同步通信两类。

1. 异步通信

异步通信即为按帧传送数据，它利用每一帧的起、止信号来建立发送与接收之间的同步关系，每一帧内部各位均采用固定的时间间隔，但帧与帧之间的时间间隔是随机的。它的基本特征是每个字符必须用起始位和停止位作为字符开始和结束的标志，以字符为单位一一发送和接收，用时钟控制数据的发送和接收，两个时钟之间彼此独立，互不同步。每一字符帧的数据格式如图 6－1 所示。

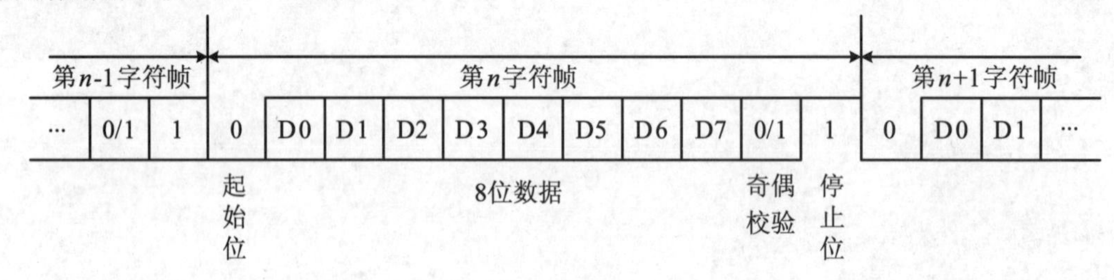


(a) 无空闲位字符帧

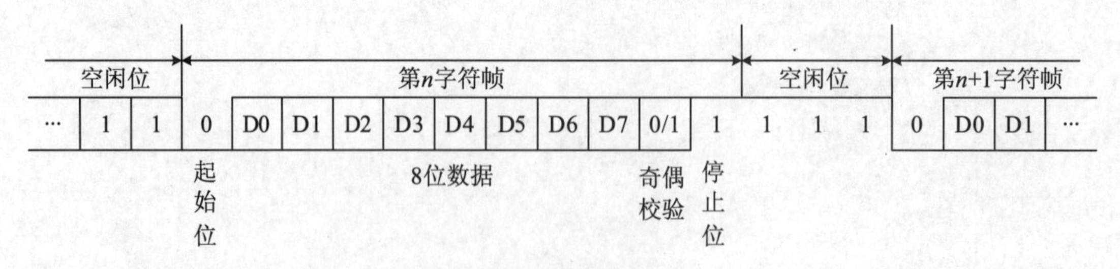


(b) 有空闲位字符帧

图 6－1 异步通信一帧的数据格式

在帧格式中，一个字符由 4 个部分组成：起始位、数据位、奇偶校验位和停止位。

(1) 起始位：起始位位于字符帧开头，仅占一位，为逻辑低电平“0”，用以通知接收设备，发送端开始发送数据。在不传送字符时该位应保持为“1”，若接收端在连续为“1”后测到一个“0”，即表明发来一个新字符，应准备接收。

（2）数据位：数据位（D0～D7）紧跟在起始位后，通常为5～8位，数据位由低到高依次进行传送。

（3）奇偶校验位：奇偶校验位只占一位，紧跟在数据位后面，对字符传送作正确性检查。奇偶校验位可有3种选择，即奇偶校验、偶校验和无校验，用户可根据需要选定。

（4）停止位：位于字符帧的最后，表征字符的结束，它一定是高电位（逻辑"1"）。停止位可以是1位、1.5位、2位。接收端收到停止位后，明确上一字符已传送完毕，同时也为接收下一字符作好准备（只要再收到"0"就是新字符的起始位）。若停止位以后不是紧接着传送下一个字符，则保持为"1"。如图6－1(a)所示，即为一个字符接一个字符传送的情况，上一个字符的停止位和下一个字符的起始位紧相邻；图6－1(b)所示是两个字符间有空闲位的情况，空闲位为"1"，线路处于等待状态。存在空闲位正是异步通信的特征之一。

2. 同步通信

同步通信时，字符与字符之间没有间隙，也没有起始位和停止位，仅在数据块开始时用同步字符SYNC来指示（常约定1～2个），然后是连续的数据块。同步字符的插入可以是单同步字符方式或双同步字符方式，如图6－2所示。

| 同步字符1 | 同步字符2 | 数据字符1 | 数据字符1 | …… | 数据字符n | CRC1 | CRC2 |
|---|---|---|---|---|---|---|---|

(a) 单同步字符帧格式

| 同步字符1 | 数据字符1 | 数据字符2 | 数据字符3 | …… | 数据字符n | CRC1 | CRC2 |
|---|---|---|---|---|---|---|---|

(b) 双同步字符帧格式

图6－2　同步传送的数据格式

同步字符可以由用户约定，也可以采用ASCII码中规定的SYN代码，即16H。通信时先发送同步字符，接收方检测到同步字符后，即准备接收数据。同步方式是将一大批数据分成几个数据块，数据块之间用同步字符予以隔开，而传输的各位二进制码之间没有间隔。其基本特征是发送与接收时钟始终保持严格同步。

在同步传输时，要求用时钟来实现发送端与接收端之间的同步。为了保证接收无误，发送方除了传送数据外，还应同时传送时钟信号。通常同步通信方式适合2400b/s以上速率的数据传输，由于不必加起始位和停止位，传送效率较高。

## 二、数据传送速率

数据传送速率又称波特率，即表示每秒钟传送二进制代码的位数，它的单位是位/秒，常用b/s表示。在串行通信中，数据位的发送和接收分别由发送时钟脉冲和接收时钟脉冲进行定时控制。时钟频率高，则波特率高，通信速度快；反之，时钟频率低，波特率就低，通信速度慢。

波特率是异步通信的重要指标，表征数据传输的速度。在数据传送方式确定后，以多大的速率发送/接收数据，是实现串行通信必须解决的问题。

假设数据传送的速率是120b/s，每个字符格式包含10个代码位（1个起始位、1个停止位、8个数据位），则通信波特率为：

$$120\ \text{b/s} \times 10 = 1200\text{b/s}$$

每一位的传输时间为波特率的倒数：$T_d = 1/1200 = 0.833\text{ms}$。

### 三、串行通信的制式

在串行通信中，按照数据传送方向可分为单工、半双工和全双工 3 种制式。

1. 单工制式

在单工制式中，只允许数据向一个方向传送，通信的一端为发送器，另一端为接收器。

2. 半双工制式

在半双工制式中，系统每个通信设备都由一个发送器和一个接收器组成，允许数据向两个方向中的任一方向传送，但每次只能有一个设备发送，即在同一时刻，只能进行一个方向传送，不能双向同时传输。

3. 全双工制式

在全双工制式中，数据传送方式是双向配置，即允许同时双向传送数据。在实际应用中，异步通信通常采用半双工制式，其用法简单、实用。

## 第二节　MCS－51 单片机串行接口的控制

MCS－51 单片机内部有一个可编程全双工串行接口，具有 UART（通用异步接收和发送器）的全部功能，通过单片机的引脚 RXD（P3.0）、TXD（P3.1）同时接收、发送数据，构成双机或多机通信系统。

### 一、MCS－51 串行口的内部结构

MCS－51 串行口的内部结构如图 6－3 所示，与 MCS－51 串行口有关的寄存器为 SBUF、SCON、PCON。

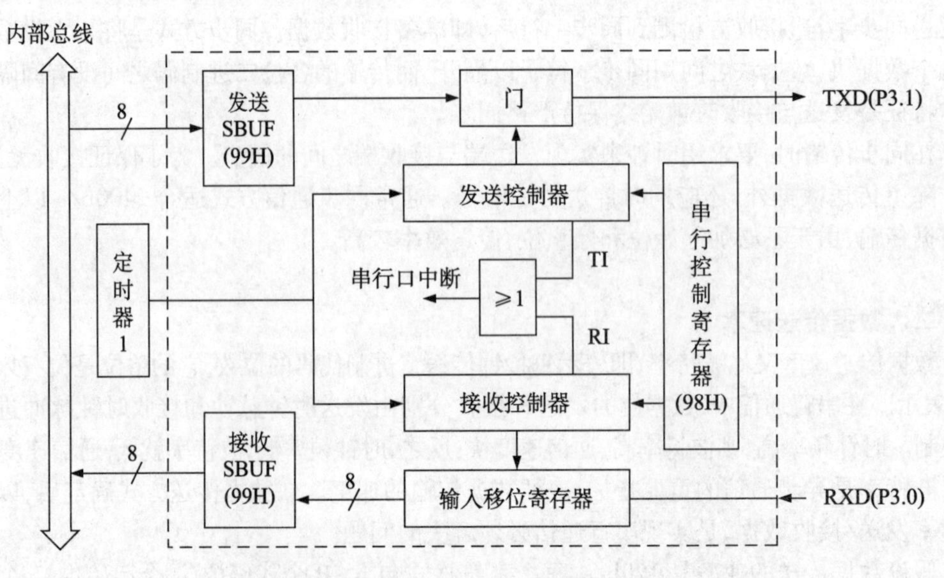


图 6－3　串行口结构框图

## 二、串行口数据缓冲器 SBUF

串行口数据缓冲器 SBUF 是一个特殊功能寄存器,有独立的接收缓冲器与发送缓冲器。发送缓冲器只能写入不能读出,所以写入 SBUF 的数据存储在发送缓冲器中,用于串行发送;接收缓冲器只能读出不能写入。两个缓冲器共用一个地址(99H),通过对串行口数据缓冲器 SBUF 的读、写来区别对哪个缓冲器进行操作。而接收或发送数据是通过串行口对外的两条独立收发信号线 RXD(P3.0)、TXD(P3.1)来实现。

## 三、串行口控制寄存器 SCON

串行口控制寄存器 SCON 用来控制串行口的工作方式和状态,字节地址为 98H,可以位寻址。SCON 的格式如图 6-4 所示。

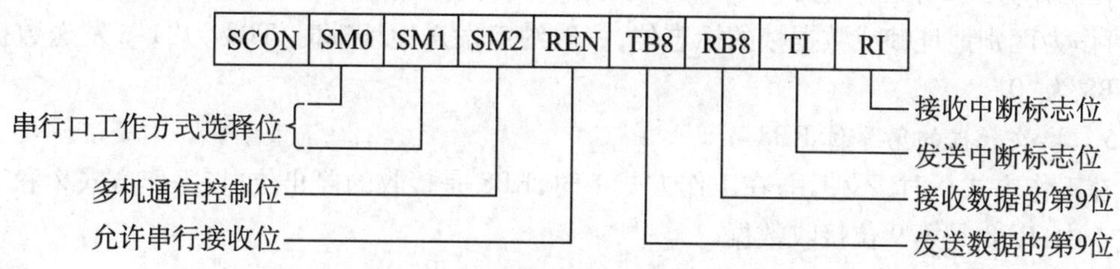


图 6-4 串行口控制寄存器 SCON

1. 串行口工作方式选择位 SM0、SMl

串行口 4 种工作方式的选择由 SM0、SM1 的值决定,如表 6-1 所示。

**表 6-1 串行口工作方式设定**

| SM0 | SM1 | 工作方式 | 功 能 说 明 |
|---|---|---|---|
| 0 | 0 | 0 | 移位寄存器方式,波特率为 $\frac{f_{osc}}{12}$ |
| 0 | 1 | 1 | 8 位 UART(通用异步接收和发送器),波特率可变,波特率为 $\frac{\text{T1 溢出率}}{n}$($n=$16 或 32) |
| 1 | 0 | 2 | 9 位 UART(通用异步接收和发送器),波特率为 $\frac{f_{osc}}{n}$($n=32$ 或 64) |
| 1 | 1 | 3 | 9 位 UART(通用异步接收和发送器),波特率可变,波特率为 $\frac{\text{T1 溢出率}}{n}$($n=$16 或 32) |

2. 多机通信控制位 SM2

多机通信控制位 SM2 用于工作方式 2 和工作方式 3 中,在处于接收方式时:若SM2 =1,

表示置多机通信功能。如果接收到的第9位数据RB8为“1”,则将数据装入SBUF,并置RI为“1”,向CPU申请中断;如果接收到的第9位数据RB8为“0”,则不接收数据(即丢弃前8位数据),RI仍为“0”,不向CPU申请中断。

若SM2=0,不论接收到的第9位RB8为“0”还是为“1”,TI、RI都以正常方式被激活,接收到的数据装入SBUF。在工作方式1,若SM2=1,则只有收到有效的停止位后,RI置“1”。在工作方式0中,SM2应为“0”。

3. 允许串行接收位REN

允许串行接收位REN=1时,允许接收;REN=0时,禁止接收。

4. 发送数据的第9位TB8

在工作方式2和工作方式3中,TB8是第9位发送数据,可做奇偶校验位。在多机通信中,可作为区别地址帧或数据帧的标志位,一般约定发送地址帧时,TB8为“1”,发送数据帧时,TB8为“0”。

5. 接收数据的第9位RB8

在工作方式0时,不使用;在工作方式1时,RB8是接收的停止位;在工作方式2和工作方式3中,RB8是第9位接收数据。

6. 发送中断标志位TI

在工作方式0中,发送完8位数据后,由硬件置位;在其他工作方式,在发送停止位时,由硬件置位。因此,TI是发送完一帧数据的标志,当TI=1时,向CPU申请串行中断,响应中断后,必须由软件清除TI。

7. 接收中断标志位RI

在工作方式0中,接收完8位数据后,由硬件置位;在其他工作方式中,在接收停止位的中间点由硬件置位。接收完一帧数据RI=1,向CPU申请中断,响应中断后,必须由软件清除RI。

### 四、电源及波特率选择寄存器PCON

电源及波特率选择寄存器PCON主要是为CHMOS型单片机的电源控制而设置的专用寄存器,字节地址为87H。PCON的最高位SMOD为串行口波特率的倍增位,如图6-5所示。在工作方式1、2和3时,串行通信的波特率与SMOD有关。当SMOD=1时,通信波特率加倍;当SMOD=0时,波特率不变;其他各位为掉电方式控制位,与串行通信无关。在HMOS的8051单片机中,PCON只有最高位被定义,其他位都是虚设的。

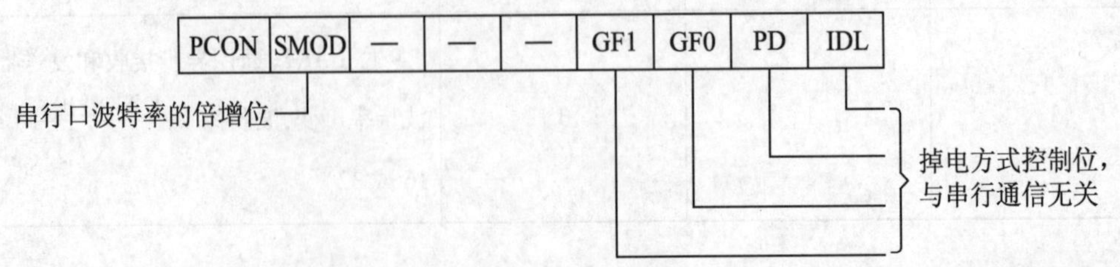


图6-5 电源及波特率选择寄存器PCON

## 第三节　MCS-51 串行口的工作方式

### 一、串行口工作方式

MCS-51 串行口有 4 种工作方式，通过 SCON 中的 SM1、SM0 位来决定，如表 6-1 所示。

1. 工作方式 0

在工作方式 0 下，串行口作同步移位寄存器用，其波特率固定为 $f_{osc}/12$。串行数据从 RXD(P3.0)端输入或输出，同步移位脉冲由 TXD(P3.1)送出。移位数据的发送和接收 8 位为一帧，无需起始位和停止位，这种工作方式常用于扩展 I/O 口。

数据发送接口如图 6-6 所示。当数据写入 SBUF 后，数据 RXD 端在移位脉冲(TXD)的控制下，逐位移入 74LS164，74LS164 能完成数据的串并转换。当 8 位数据全部移出后，TI 由硬件置位，发生中断请求。若 CPU 响应中断，则从 0023H 单元开始执行串行口中断服务程序，数据由 74LS164 并行输出。

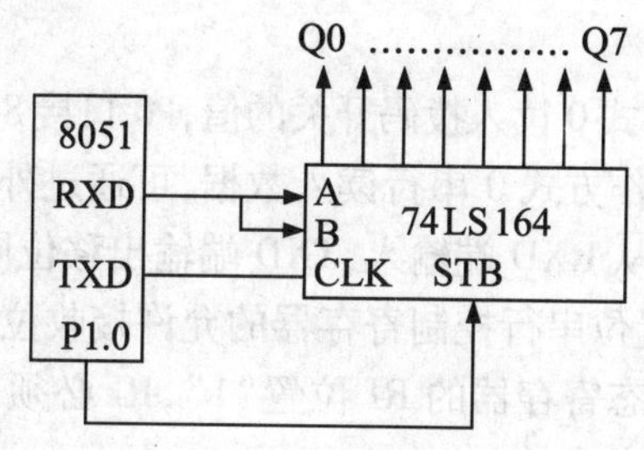


图 6-6　方式 0 数据发送接口逻辑图

【例 6-1】将地址 30H ~37H 存储单元中的内容通过 74LS164 经发光二极管依次显示出 30H、31H、32H…的值(二进制)，直到 8 个数据完成。

分析：单片机采用串行工作方式 0 串行输出数据，数据为 8 位，从 RXD 端输出，TXD 端输出位移同步时钟信号，其波特率固定为 $f_{osc}/12$。在 CPU 将数据写入 SBUF 寄存器后，立即启动发送，待 8 位数据输完后，硬件将状态寄存器的 TI 位置"1"，TI 必须由软件清零。用串行口工作方式 0 输出数据/时钟，是自动移位输出。控制流程图如图 6-7 所示。

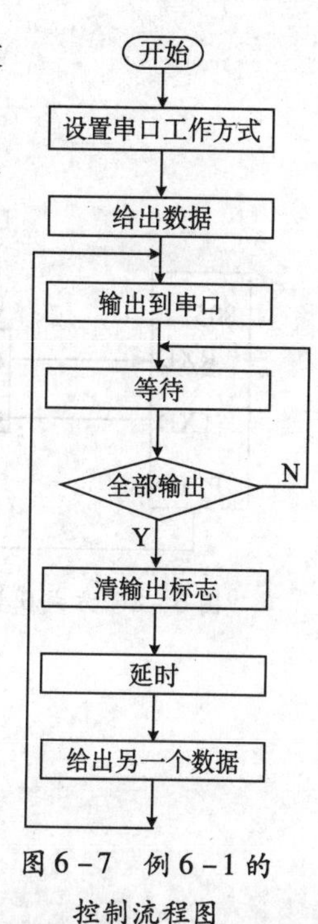


图 6-7　例 6-1 的控制流程图

程序清单如下：

```
        ORG 0100H
        MOV SCON,#00H        ;设置串口工作方式
        MOV R0,30H           ;给出数据地址
        MOV R2,#08H          ;设置数据长度
LOOP:   MOV A,@R0            ;取数据
        MOV SBUF,A           ;输出到串口
        JNB T1,$             ;全部输出
        CLR T1               ;清输出标志
        ACALL DELAY          ;调用延时子程序
```

```
         INC R0              ;给出下一个数据地址
         DJNZ R2,LOOP        ;循环
         SJMP $
DELAY:   MOV R7,#03H         ;延时子程序
DD1:     MOV R6,#0FFH
DD2:     MOV R5,#0FFH
         DJNZ R5, $
         DJNZ R6,DD2
         DJNZ R7,DD1
         RET                 ;子程序返回
         END
```

要实现数据接收,必须首先把 SCON 中的允许接收位 REN 设置为“1”,当 REN 设置为“1”时,数据就在移位脉冲的控制下从 RXD 端输入。当接收到 8 位数据时,置位接收中断标志位 RI 发生中断请求,其接口如图 6－8 所示。由逻辑图可知,通过外接 74LS165,串行口能够实现数据的并行输入。

【例 6－2】用串口工作方式 0 读入拨码开关的值,P0 口接 8 位发光二极管,显示读入值。

分析:采用单片机串行工作方式 0 串行读入数据,可通过外接移位寄存器实现串并行转换,在该方式下,数据为 8 位,从 RXD 端输入,TXD 端输出移位同步时钟信号,其波特率固定为晶振频率 $f_{osc}/12$。由软件置位串行控制寄存器的允许接收位(REN)后,才启动串行接收。待 8 位数据收完后,硬件将状态寄存器的 RI 位置“1”,RI 必须由软件清零。用串行口工作方式 0 读入数据,是自动移位完成的。

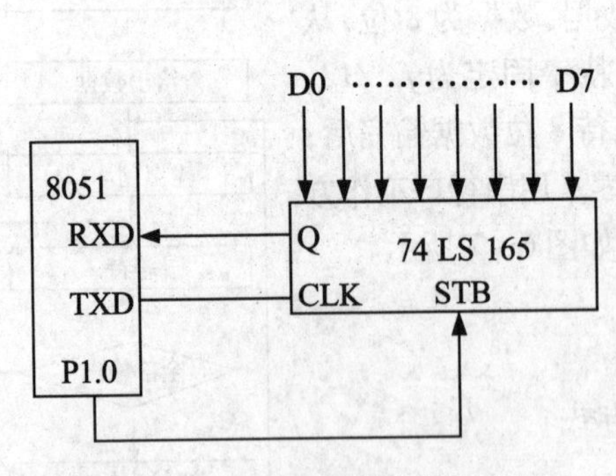


图 6－8 方式 0 数据接收接口逻辑图

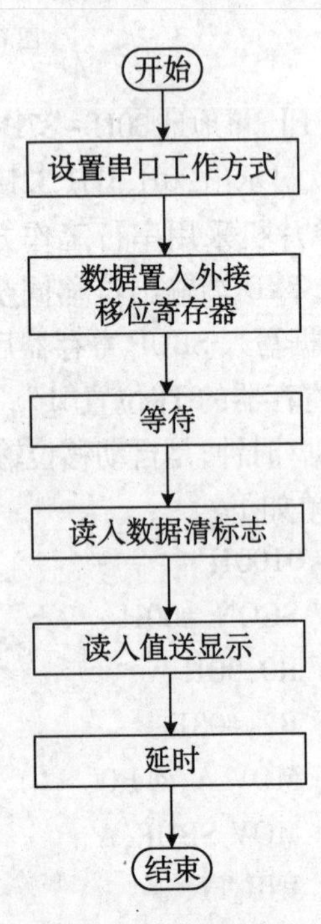


图 6－9 例 6－2 的控制流程图

选用89C51最小应用系统模块，用10线扁平插头将74LS165的并行输入端与拨码开关模块连接，将P0口与8位发光二极管显示模块连接，用导线将74LS165串行输出端(9脚)接到RXD上，CLK接到TXD上，$\overline{PL}$移位/置数端低电平有效，接到P1.0上。其控制流程图如图6-9所示。

程序清单如下：

```
      ORG 0100H
        PL BIT P1.0
START:  MOV SCON,#10H       ;设置串口工作方式
        CLR PL              ;数据置入外接移位寄存器
        SETB PL
WAIT:   JNB RI,WAIT         ;等待
        MOV A,SBUF          ;读入数据
        CLR RI              ;清标志
        MOV P0,A            ;送数据显示
        ACALL DELAY         ;调用延时子程序
        SJMP START
DELAY:  MOV R4,#0FFH        ;延时子程序
AA1:    MOV R5,#0FFH
AA:     NOP
        NOP
        DJNZ R5,AA
        DJNZ R4,AA1
        RET
        END
```

2. 工作方式1

工作方式1为波特率可调的8位通用异步通信接口。发送或接收一帧信息为10位，如图6-10所示，分别为起始位“0”、8位数据位和1位停止位“1”。

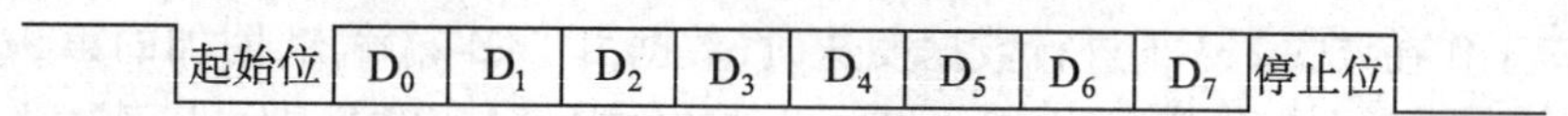


图6-10　方式1的帧格式

数据发送时，数据从TXD端输出，当执行MOV SBUF,A指令时，数据被写入发送缓冲器SBUF，启动发送器发送，此时由硬件加入起始位和停止位，构成一帧数据，由TXD串行输出。输出一帧数据后，TXD保持高电平状态，并将TI置位，通知CPU进行下一个字符的发送。

数据接收时，数据从RXD端输入。当允许接收控制位REN为“1”后，串行口采样RXD，当采样到由“1”到“0”跳变时，确认是起始位“0”，启动接收器开始接收一帧数据。当RI=0且接收到停止位为“1”(或SM2=0)时，将停止位送入RB8，8位数据送入接收缓冲器SBUF，同时置中断标志RI=1。所以，工作方式1接收时，应先用软件清除RI或SM2标志。

在工作方式1时，其波特率是可变的，波特率的计算公式为

$$波特率=\frac{2^{SMOD}}{32}\times(定时器1的溢出率)$$

其中,SMOD 为 PCON 寄存器最高位的值,其值为 1 或 0。

当定时器 1 作波特率发生器使用时,选用工作方式 2(即自动加载定时初值方式)。这样可以避免通过程序反复装入定时初值所引起的定时误差,使波特率更加稳定。假定计数初值为 $X$,则计数溢出周期为

$$\frac{12}{f_{osc}}\times(256-X)$$

溢出率为溢出周期的倒数,则波特率的计算公式为:

$$波特率=\frac{2^{SMOD}}{32}\times\frac{f_{osc}}{12\times(256-X)}$$

实际使用中,波特率是已知的。因此,需要根据波特率的计算公式求定时初值 $X$。用户只需要把定时初值设置到定时器 1,就能得到所要求的波特率。

3. 工作方式 2、方式 3

在工作方式 2、3 下,串行口为 9 位异步通信接口,发送、接收一帧信息为 11 位,即 1 位起始位"0"、8 位数据位、1 位可编程位和 1 位停止位"1",传送波特率与 SMOD 有关。其数据帧格式如图 6-11 所示。

| 起始位 | $D_0$ | $D_1$ | $D_2$ | $D_3$ | $D_4$ | $D_5$ | $D_6$ | $D_7$ | $D_8$ | 停止位 |
|---|---|---|---|---|---|---|---|---|---|---|

图 6-11　方式 2、3 的帧格式

工作方式 3 同工作方式 2 几乎完全一样,只不过工作方式 3 的波特率是可变的,由用户来确定。其波特率的确定同工作方式 1。

在工作方式 2、3 下,字符还是 8 个数据位,只不过增加了一个第 9 个数据位(D8),其功能由用户确定,为一个可编程位。在发送数据时,应先在 SCON 的 TB8 位中把第 9 个数据位的内容准备好,它可使用如下指令来完成:

```
SETB TB8      ;TB8 位置"1"
CLR TB8       ;TB8 位置"0"
```

串行口工作在方式 2、3 下进行数据发送时,数据由 TXD 端输出,附加的第 9 位数据为 SCON 中的 RB8(由软件设置)。用指令将要发送的数据写入 SBUF,即可启动发送器。送完一帧信息时,TI 由硬件置"1"。

当 REN=1 时,允许接收。与工作方式 1 相同,CPU 开始不断采样 RXD,将 8 位数据送入 SBUF 中,接收到的第 9 位数据送入 RB8 中,当同时满足 RI=0、SM2=0 或接收到第 9 位数据为"1"这 3 个条件都满足时,置 RI=1,否则接收数据无效。

工作方式 2 的波特率是固定的,且有两种,一种是晶振频率的 1/32;另一种是晶振频率的 1/64,即 $f_{osc}/32$ 和 $f_{osc}/64$。如用公式表示则为:

$$波特率=\frac{2^{SMOD}}{64}\times f_{osc}$$

由此公式可知,当 SMOD 为 0 时,波特率为 $f_{osc}/64$;当 SMOD 为 1 时,波特率为 $f_{osc}/32$。

【例 6-3】已知 8051 的串行口采用方式 1 进行通信,晶振频率为 11.0592MHz,选用定

时器 T1 作为波特率发生器,T1 工作于方式 2,其 SMOD = 0,要求通信的波特率为 2400,计算 T1 的初值。

由:

$$波特率 = \frac{2^{smoD}}{32} \times \frac{f_{osc}}{12 \times (256 - X)}$$

即:

$$2400 = \frac{2^0}{32} \times \frac{11.0592 \times 10^6}{12 \times (256 - X)}$$

得:$X = 244$,即:$X = F4H$。

相应的程序为:

```
MOV TMOD,#20H    ;设定定时器 T1 工作模式
MOV TL1,#0F4H    ;设定定时器初值
MOV TH1,#0F4H
SETB TR1         ;启动定时器
```

MCS - 51 串行口常用波特率如表 6 - 2 所示。

**表 6 - 2　MCS - 51 串行口常用波特率**

| 波特率 | $f_{osc}$(MHz) | SMOD | 定时器 T1 | | |
|---|---|---|---|---|---|
| | | | C/T | 工作方式 | 定时器初值 |
| 62.5K | 12 | 1 | 0 | 2 | FFH |
| 19.2K | 11.509 | 1 | 0 | 2 | FDH |
| | 6 | 1 | 0 | 2 | FEH |
| 9.6K | 11.509 | 0 | 0 | 2 | FDH |
| | 6 | 1 | 0 | 2 | FDH |
| 4. 8K | 11.509 | 0 | 0 | 2 | FAH |
| | 6 | 0 | 0 | 2 | FDH |
| 2.4K | 11.509 | 0 | 0 | 2 | F4H |
| | 6 | 0 | 0 | 2 | FAH |
| 1.2K | 11.509 | 0 | 0 | 2 | E8H |
| | 6 | 0 | 0 | 2 | F3H |
| 0.6K | 6 | 0 | 0 | 2 | E6H |
| 137.5 | 11.509 | 0 | 0 | 2 | 1DH |
| 110 | 12 | 0 | 0 | 1 | FEEBH |
| | 6 | 0 | 0 | 2 | 72H |
| 55 | 6 | 0 | 0 | 1 | FEEBH |

## 二、串行口的应用

串行口初始化编程格式为:

SIO:MOV SCON,#控制状态字;写方式字且 TI = RI = 0

```
(MOV PCON,#80H)      ;波特率加倍
(MOV TMOD,#20H)      ;T1 作波特率发生器
(MOV TH1,#X)         ;选定波特率
(MOV TL1,#X)
(SETB TR1)
(SETB EA)            ;开串行口中断
(SETB ES)
```

1. 发送程序

先发送一个字符,等待 TI=1 后再发送下一个字符。

(1) 查询方式:

```
TRAM:  MOV A,@R0    ;取数据
       MOV SBUF,A   ;发送一个字符
WAIT:  JBC TI,NEXT  ;等待发送结束
       SJMP WAIT
NEXT:  CLR TI
       INC R0       ;准备下一次发送
       SJMP TRAM
```

(2) 中断方式:

```
ORG    0023H             ;串行口中断入口
       AJMP SINT
MAIN:…                   ;初始化编程
TRAM:  MOV A,@R0         ;取数据
       MOV SBUF,A        ;发送第一个字符
H:     SJMP H            ;其他工作
SINT:  CLR T1            ;中断服务程序
       INC R0
       MOV A,@R0         ;取数据
       MOV SBUF,A        ;发送下一个字符
       RETI
```

2. 接收程序

当 REN=1、RI=0,等待接收;当 RI=1,从 SBUF 读取数据。

(1) 查询方式:

```
WAIT:JBC RI,NEXT ;查询等待
     SJMP WAIT
NEXT:MOV A,SBUF ;读取接收数据
     MOV @R0,A  ;保存数据
     CLR RI
     INC R0     ;准备下一次接收
     SJMP WAIT
```

(2) 中断方式:

```
ORG 0023H
    AJMP SINT
MAIN:  …             ;初始化编程
   H:  SJMP H        ;其他任务
RINT:  CLR RI        ;清中断标志
       MOV A,SBUF    ;读取接收数据
       MOV @ R0,A    ;保存数据
       INCR0
       RETI
```

# 第七章　单片机的 I/O 扩展及接口技术

## 第一节　单片机 I/O 扩展

从本质上讲，单片机本身就是一个最小的应用系统。由于晶振、开关等器件无法集成到芯片内部，这些器件又是单片机工作所必需的器件，因此，由单片机与晶振电路及由开关、电阻、电容等构成的复位电路就是单片机的最小应用系统。

MCS－51 系列单片机在引脚安排上考虑了对外总线扩展问题，在具有 4 个 8 位 I/O 口的封装中，以 P0 口的 8 位口线作为与外部接口的数据总线和地址总线的低 8 位，以 P2 口的 8 位口线作为地址总线的高 8 位，当外部扩展 ROM、RAM 或一些与数据、地址有关的芯片时这些 I/O 口将被占用。另外，由于 P3 口引脚大多兼有控制总线功能，完全用于 I/O 数据交换的引脚只剩下 P1 口。针对上述口线不足的情况，在使用中 MCS－51 系列单片机可进行 I/O 口线扩展。只要根据“输入三态，输出锁存”的原则，选择 74 系列的 TTL 电路或 CMOS 电路就能组成简单的扩展电路，如 74LS244、74LS273、74LS373、74LS377 等芯片都能组成输入、输出接口。

### 一、用三态口扩展 8 位并行输入口

当传送数据的保持时间较长时，可用三态门扩展 8 门并行输入口。如图 7－1 所示为用 74LS244 芯片通过 P0 口扩展的 8 位并行输入接口。74LS244 是 8 位三态缓冲器，当 1G、2G 端为低电平时输出与输入相同；当其为高电平时输出呈高阻态。

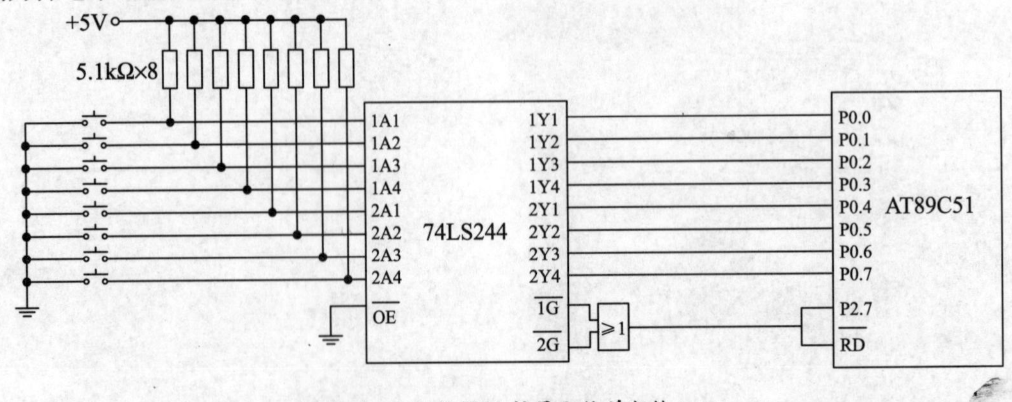


图 7－1　用 74LS244 扩展 8 位并行输入口

由图可知，当 P2.7 和 $\overline{RD}$ 同时为低电平时 74LS244 才将由输入设备输出的数据送 8031 的 P0 口，其中 P2.7 决定了 74LS244 的地址，其地址＝0 X X X X X X X X X X X X X X X

B,可取7FFFH,该接口的输入操作程序如下:

```
MOV DPTR,#7FFFH        ;指向74LS244端口
MOVX A,@DPTR           ;输入数据
```

## 二、用锁存器扩展8位并行I/O口

### 1. 扩展输入口

当传送数据的保持时间较短时,不宜采用三态口扩展而应采用锁存器扩展8位并行输入口。如图7-2所示是利用74LS373芯片通过P0口扩展8位并行输入接口。74LS373芯片的功能见表7-1,利用中断方式进行数据传送。

**表7-1 74LS373功能表**

| 出控制$\overline{OE}$ | 使能G | 输入数据D | 输出数据Q |
|---|---|---|---|
| 0 | 1 | 1 | 1 |
| 0 | 1 | 0 | 0 |
| 0 | 0 | × | 保持 |
| 1 | × | × | 高阻 |

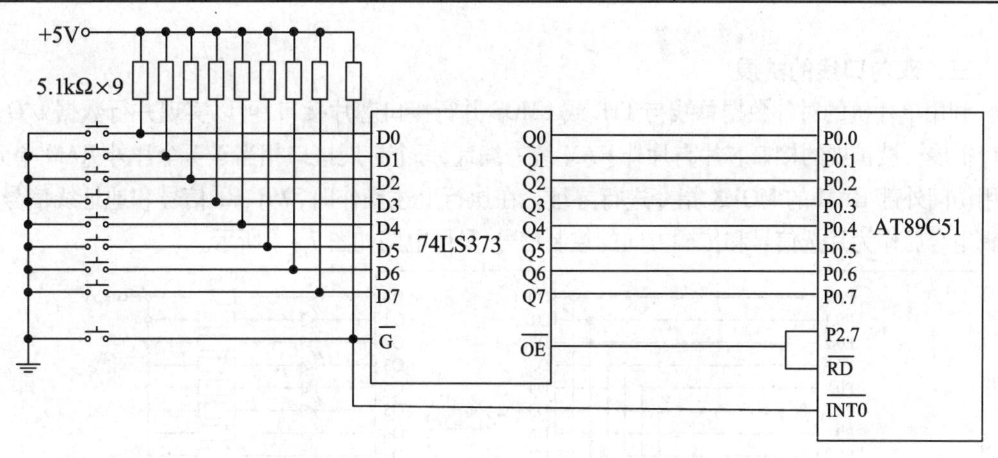


图7-2 用74LS373扩展8位并行输入口

### 2. 扩展输出口

当通过P0口扩展输出口时,要求接口电路具有锁存功能。为增加抗干扰能力,可采用带允许控制端的8D锁存器。如图7-3所示为用74LS377通过P0口扩展的8位并行输出接口,该芯片的功能见表7-2。由于74LS377的G端与P2.4相连,故地址为0BFFFH。

用8031单片机的写脉冲信号作为该芯片的时钟,其输出操作程序如下:

```
MOV A,#DATA            ;输出数据送A
MOV DPTR,#0BFFFH       ;DPTR指向74LS377
MOVX @DPTR,A           ;P0口经74LS377输出数据
```

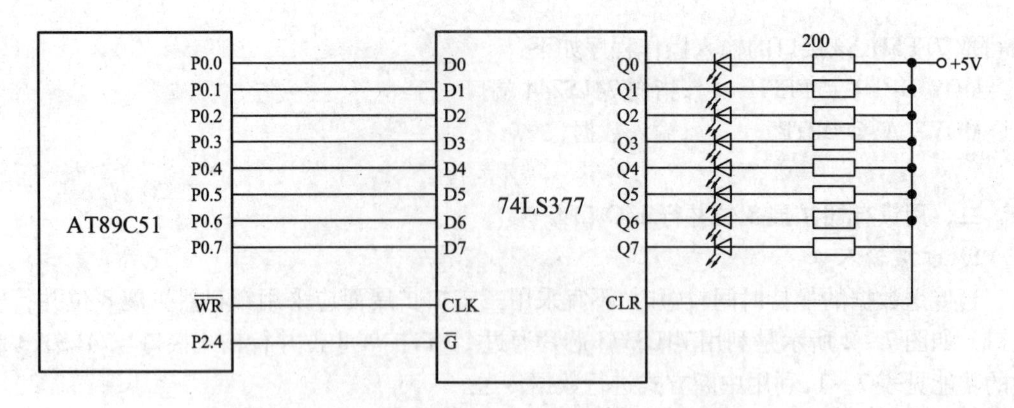


图 7－3　用 74LS377 通过 P0 口扩展的 8 位并行输出接口

**表 7－2　74LS377 功能表**

| $\overline{G}$ | CLK | D | Q |
|---|---|---|---|
| 1 | × | × | 保持 |
| 0 | × | 1 | 1 |
| 0 | × | 0 | 0 |
| × | 0 | × | 高阻 |

## 三、双向口线的扩展

利用单片机的对外数据总线与 TTL 或 CMOS 并行接口芯片接口，可以实现并行数据 I/O 双向口扩展。被扩展的接口芯片与片外 RAM 统一编址，每个扩展接口相当于 1 个片外 RAM 单元，利用访问外部 RAM 的 MOVX 指令进行寻址。在执行上述操作时，$\overline{WR}$、$\overline{RD}$信号和地址线信号经逻辑组合后作为片选信号和传输方向的控制信号，具体电路如图 7－4 所示。

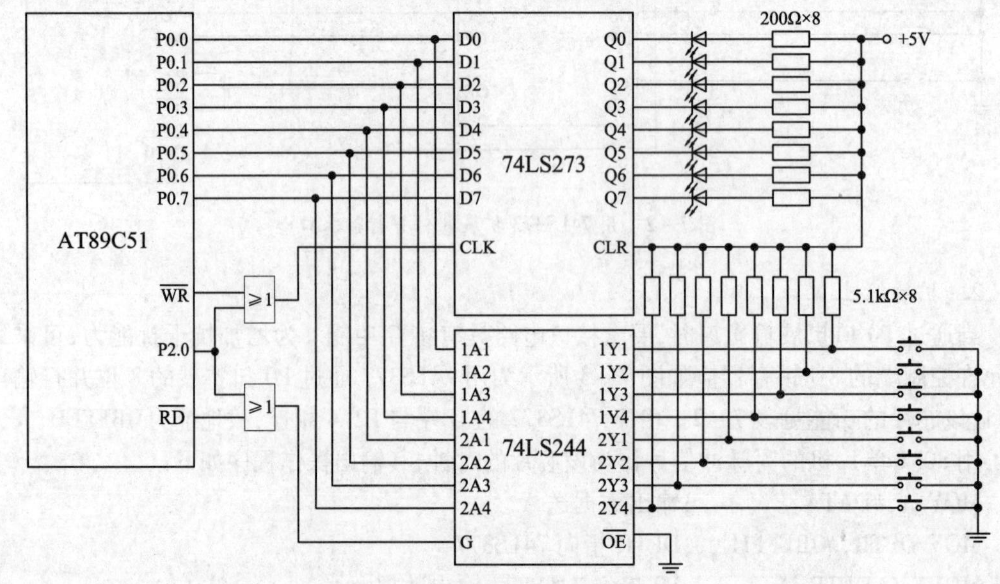


图 7－4　简单 I/O 口扩展图

图7-4中采用74LS273作为数据输出芯片，采用74LS244作为数据输入芯片，两芯片作为扩展I/O口和片外RAM统一编址，占用一个外部RAM单元地址。输入、输出扩展口地址同为7XXXH(X取任意值)，即P2.7为低，其他位地址任意。单片机的P0口作为对外双向数据总线，既从74LS244输入数据，又向74LS273输出数据。

**四、可编程并行接口专用接口芯片8255A的扩展**

当单片机应用系统中需要较为复杂的I/O口时，通常采用可编程I/O接口芯片扩展I/O口。下面介绍两种常用标准可编程I/O接口及芯片扩展I/O口的方法。

可编程外设接口电路简称PPI，型号为8255，具有24条输入/输出引脚、可编程的通用并行输入/输出接口电路。8255A具有A、B、C三个相互独立的输入/输出通道，三通道可以联合使用，构成单线、双线或三线联络信号的并行接口，此时C口完全服务于A、B口。A口有三种工作方式：方式0、方式1、方式2。B口有两种工作方式：方式0、方式1。

8255A内部结构如图7-5所示，由数据端口A、B、C，A组控制和B组控制，读/写控制逻辑电路，数据总线缓冲器4部分组成。

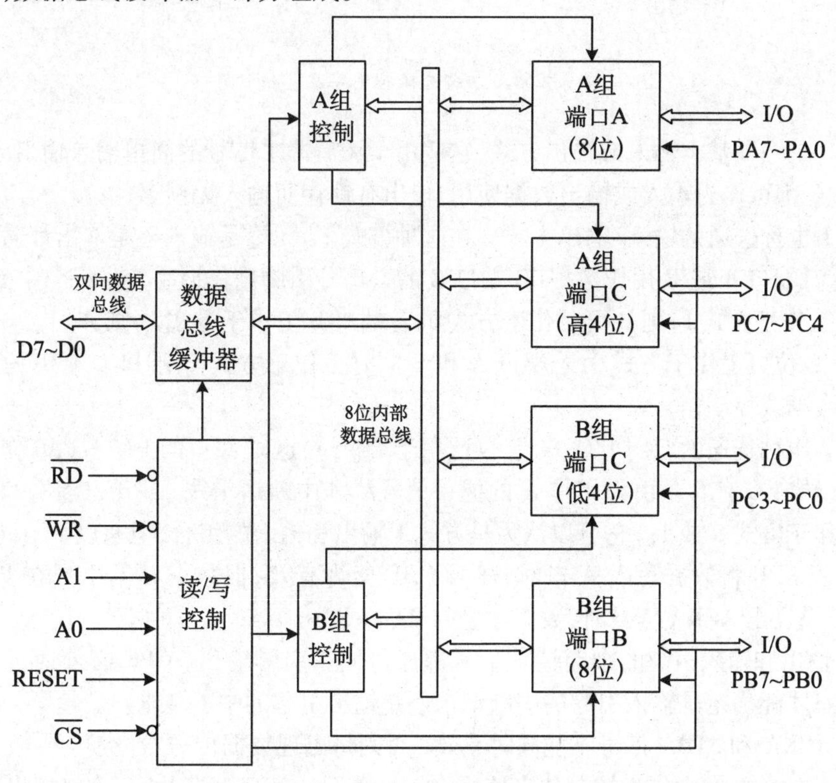


图7-5　8255A内部结构

端口A：包括一个8位的数据输出锁存/缓冲器和一个8位的数据输入锁存器，可作为数据输入或输出端口，并工作于三种方式中的任何一种。

端口B：包括一个8位的数据输出锁存/缓冲器和一个8位的数据输入缓冲器，可作为数据输入或输出端口，但不能工作于方式2。

端口C：包括一个8位的数据输出锁存/缓冲器和一个8位的数据输入缓冲器，可在方式字控制下分为两个4位的端口（C端口上和下），每个4位端口都有4位的锁存器，用来配合端口A与端口B锁存输出控制信号和输入状态信号，不能工作于方式1或2。

A组控制逻辑控制端口A及端口C的上半部；B组控制逻辑控制端口B及端口C的下半部。

方式选择控制字及各位的意义如图7-6所示。

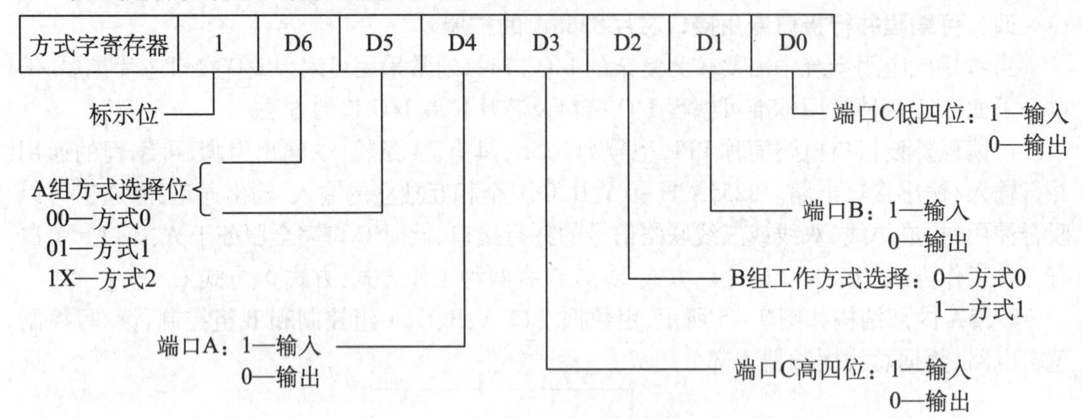


图7-6　8255A方式选择控制字及各位的意义

方式0是一种基本输入或输出方式，它适用于无需握手信号的简单输入输出应用场合，端口A、B、C都可作为输入或输出数据使用，输出有锁存而输入无锁存。

方式1也称选通的输入/输出方式。在这种方式下，无论是输入还是输出都通过应答关系实现，这时端口A或B用作数据口，端口C的一部分引脚用作握手信号线与中断请求线。若端口A工作于方式1，则B可工作于方式0；若端口B工作于方式1，则A可工作于方式0或余下的13位可工作于方式0；若端口A和B同时工作于方式1，端口C余下的两位还可用于传送数据或控制信号。

方式2也称选通的双向I/O方式，仅适用于端口A，这时A口的PA7～PA0作为双向的数据总线，端口C有5条引脚用作A的握手信号线和中断请求线，而B口和C口余下的3位仍可工作于方式0或1。它可以认为是方式1输出和输入的组合，但有以下不同：

（1）当CPU将数据写入A口时，尽管OBF变为有效，但数据并不出现在PA7～PA0上，只有外设发出ACKA信号时，数据才进入PA7～PA0。

（2）输出和输入引起的中断请求信号都通过同一引脚输出，CPU必须通过查询OBF和IBF状态才能确定是输入引起的中断请求还是输出引起的中断请求。

（3）ACKA和STBA信号不能同时有效，否则将出现数据传送“冲突”。

端口C的数位常常作为控制位来使用，所以，在设计8255A芯片时，应使端口C中的各位用置1/置0控制字来单独设置。其具体格式如图7-7所示。

注意：C端口置1/置0控制字尽管是对端口C进行操作，但此控制字必须写入控制口，而不是写入C端口。

如图7-8所示为MCS-51和8255A的一种接口逻辑。PA口、PB口、PC口、控制口的地址分别为：7FFCH、7FFDH、7FFEH、7FFFH。

假设图中8255A的PA口接一组开关，PB接一组指示灯，如果，要将MCS-51的寄存器

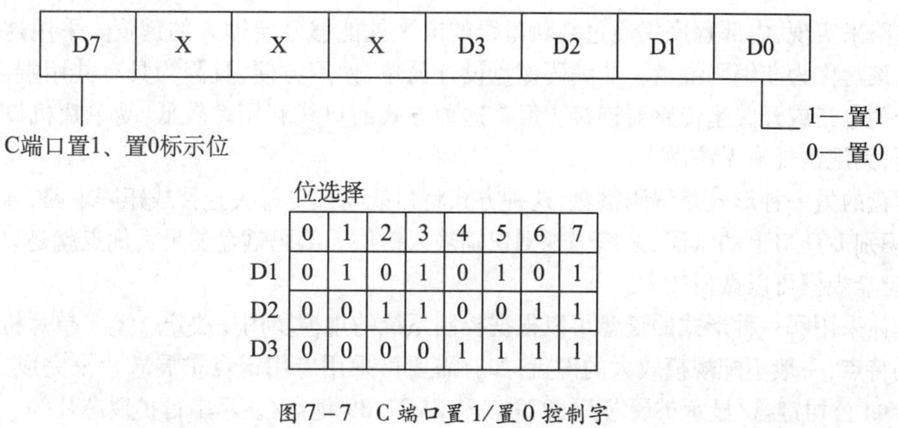


|  | 0 | 1 | 2 | 3 | 4 | 5 | 6 | 7 |
|---|---|---|---|---|---|---|---|---|
| D1 | 0 | 1 | 0 | 1 | 0 | 1 | 0 | 1 |
| D2 | 0 | 0 | 1 | 1 | 0 | 0 | 1 | 1 |
| D3 | 0 | 0 | 0 | 0 | 1 | 1 | 1 | 1 |

图 7－7　C 端口置 1/置 0 控制字

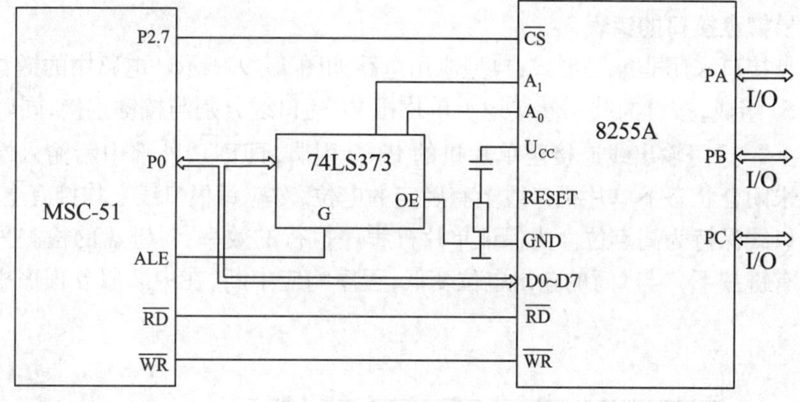


图 7－8　MCS－51 和 8255A 的一种接口逻辑

R2 的内容送指示灯显示，将开关状态读入 MCS－51 的累加器 A，则 8255 初始化和输入/输出程序如下：

```
        ORG 1000H
R8255：  MOV DPTR,#7FFFH
        MOV A,#98H
        MOVX @DPTR,A
        MOV DPTR,#7FFDH
        MOV A,R2
        MOV @DPTR,A
        MOV DPTR,#7FFCH
        MOVX A,@DPTR
        RET
```

## 第二节　单片机的键盘接口

单片机组成的控制系统通常需要配置键盘，用户可以通过键盘向单片机输入数据或命令，以便实现控制系统的人机对话。键盘可以直接利用口线连接按键开关、开关型传感器或电子线路来实现，内部程序仅通过判断口线的电平就能够确定输入的键值。采用这种识别方式的键盘称为非编码键盘。非编码键盘设计简单，使用方便，且因为具有共用端，容易直接同开关电路或开关型传感器连接。但是这种方式的口线利用率较低，受单片机口线数量的限制，其键盘规模无法做大。

键盘的另一种形式是编码键盘，这种方式将口线与按键开关连接成矩阵电路，通过软件扫描、识别 I/O 口上的编码，按编码规则识别输入键值。编码键盘的最大优点就是口线利用率高，键盘规模可以做得较大。

具体采用哪一种形式的键盘可以根据控制系统的规模及用途决定。鉴于单片机嵌入式用途的特点，一般不配规模较大的键盘，如有需要可采用专用键盘扩展芯片来完成，例如典型的 Intel 公司键盘/显示扩展芯片 8279 以及 ZLG7289 键盘/显示串行扩展芯片等。

### 一、简易键盘接口的实现

简易键盘接口采用非编码形式，典型应用电路如图 7－9 所示。电路中的键盘由 8 只按键开关 $S_0 \sim S_7$ 组成，按键的共用端接地。单片机 P1 的口线分别与按键连接，同时与“与”门输入端连接。“与”门输出线连接至单片机的 P3.2 引脚，即$\overline{\text{INT0}}$外部中断输入端。为保证按键开关在未闭合状态下单片机口线上有确定的电位，对应每根口线上均接有上拉电阻，即键未按下时口线保持为高点位。为保证单片机程序执行的效率，对键盘的检测采用了中断方式。每当有键按下，“与”门的输出电位变低，程序响应中断，在中断服务程序中完成键值识别。

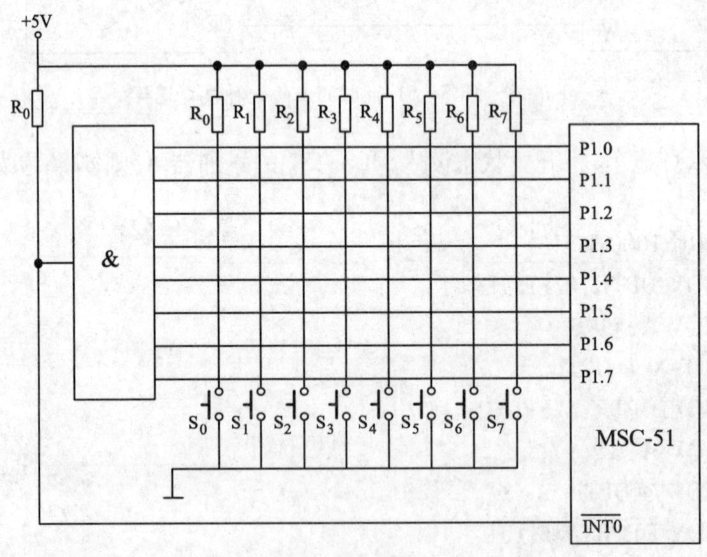


图 7－9　简易键盘接口

通常键盘在使用中应考虑到人员操作或机械特性在接触时产生的抖动问题，即按键开关在接通或断开瞬间并非完全可靠接触，而是存在一个抖动期，在此期间的电平变化波形如图 7－10 所示。图中 $t_{W1}$、$t_{W2}$ 为键按下和松开时的抖动期存在时间，抖动期一般不超过 10 ms。在端口电平抖动期间，单片机无法准确检测出端口电平的正确值，必须采取一定的措施进行鉴别。

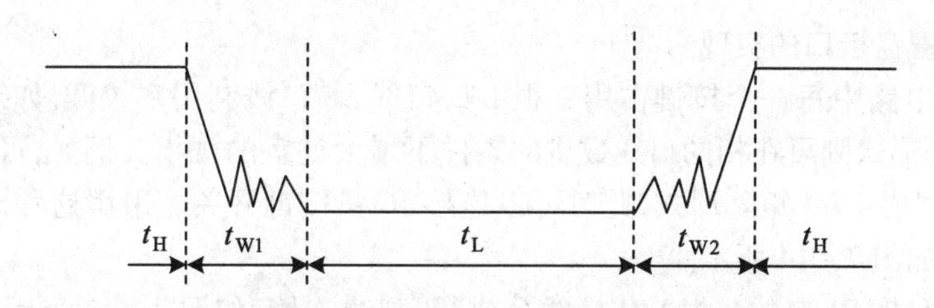


图7-10 键盘电平变化波形

常用的鉴别方法是延时消抖法，例如遇到由高向低的电平转换后先不急于读取口线键值，而是在中断服务程序的开始执行一段10～20 ms的延时程序。若延时程序后再次判断口线仍为低电平则进入口线的键值读取程序，否则放弃键值读取操作。

延时去抖动及读取键值的中断服务程序如下：

```
        ORG 0003H
        LJMP KRD
KRD:    MOV P1,OFFH         ;P1口写"1",置为输入口
        CALL DEL20          ;调20ms延时子程序
        MOV A,P1            ;读P1口键值
        JNB ACC.0,KPR0      ;判断P1.0~P1.7是否有键按下
        JNB ACC.1,KPR1
        JNB ACC.2,KPR2
        JNB ACC.3,KPR3
        JNB ACC.4,KPR4
        JNB ACC.5,KPR5
        JNB ACC.6,KPR6
        JNB ACC.7,KPR7
        RET1
KPR0:   …                   ;P1.0口线按键处理程序
   …
     MOV A,P1               ;读P1口键值
KP01:   JNB ACC.0, $        ;判断P1.0口线电平是否变高
        CALL DELAY20        ;调20ms延时子程序
        JNB ACC.0,KP01      ;证实P1.0口线一直保持高电平
        CLR IE0             ;关中断
        RET1
KPR1:   …                   ;P1.1口线按键处理程序
        …
KPR7:   …                   ;P1.7口线按键处理程序
        …
DEL20:  …                   ;20ms延时子程序
        …
```

## 二、矩阵键盘接口的实现

简易键盘电路中每一个按键占用一根 I/O 口线，其口线利用率较低，如果将口线按照行、列排成矩阵形式则可在相同口线数量的条件下增大键盘的规模。例如，可以将 P1 口的 8 根 I/O 线排列成 4×4 矩阵形式，此时可以连接 16 只按键开关。采用这种设计方式的矩阵式键盘电路如图 7－14 所示。

矩阵式键盘将 P1 口的 8 根 I/O 口线分成行、列线连接，如图 7－11 所示，P1.0～P1.3 为行线，P1.4～P1.7 为列线。16 只按键分别跨接在对应的行、列线节点上。如果单片机在行线对应的 I/O 口线上有数据输出，当有键按下时，行、列线短路，单片机在列线对应的 I/O 口线上的输入数据将由行线上的电平决定。行线特定的 4 位数据输出和列线对应的 4 位数据输入可以组成一个 8 位的特征字，该特征字即为键值，代表键按下所在的位置。

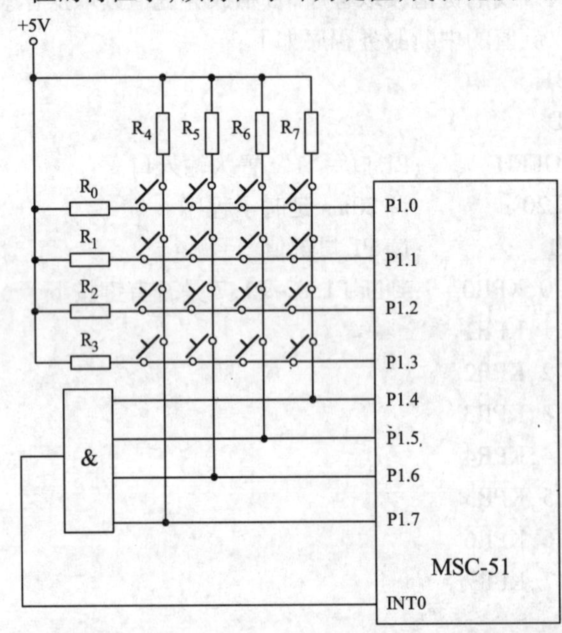


图 7－11　矩阵式键盘

键值产生的原理有扫描法产生键值和线反转识别法产生键值两种方法。

扫描法产生键值具体方法是，以行线作为扫描输出，以列线作为接收输入，依次将行线置为低电平，并在列线上逐次接收数据。扫描完成后，如果发现接收到的某一列线有低电平，则表示该列线与行线连接的按键已经闭合。在接收到低电平的那次扫描中，行线数据与列线数据的组合便是所期望的键值，由该键值可确定闭合键在矩阵连接中的连接位置。

线反转识别法产生键值具体方法是，先将行线全部置为低电平，列线全部置为高电平，从列线对应的 I/O 口线接收数据，如果发现有口线变低，则证明该列线与闭合的按键连接。反之，将列线全部置为低电平，行线全部置为高电平，从行线对应的 I/O 口线接收数据，如果发现有口线变低，则证明该行线与闭合的按键连接。对上述两次操作的结果所获得的两个 8 位数据进行综合分析，便可确定闭合的按键所在位置。

在进行键盘扫描产生键值之前，为避免无键按下的空扫描，浪费 CPU 执行时间，应该首先进行一次键盘识别，具体方法有硬件中断识别法与软件查询识别法两种。

硬件中断识别法如图7－11所示，将矩阵式键盘电路的所有列线连接至“与”门电路的输入端，“与”门电路的输出端与单片机外部中断$\overline{INT0}$连接。把全部行线置为低电平，全部列线置为高电平，当有键按下时列线上出现低电平，对应“与”门的输出电平出现由高向低的跳变，经$\overline{INT0}$引脚进入单片机产生中断，在中断服务程序中开始扫描键盘。

软件查询识别法如图7－12所示，将全部行线置为低电平，全部列线置为高电平，定时从列线对应的I/O口线输入数据，如果判定接收的数据中有低电平存在，则说明有按键按下，开始执行键盘扫描程序。这种方法无需在矩阵键盘中连接“与”门电路，硬件电路简洁。

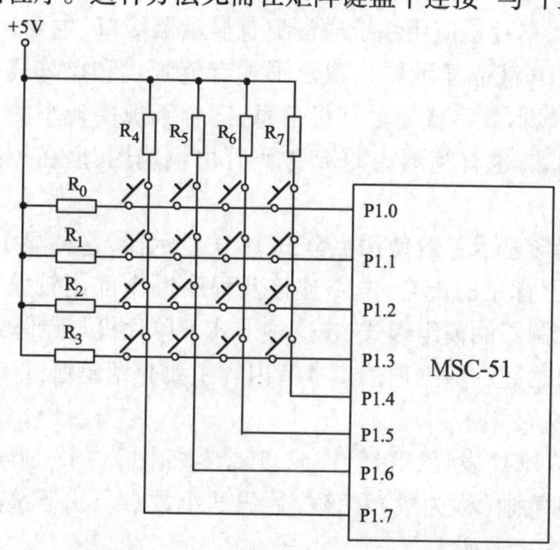


图7－12　软件查询识别法矩阵式键盘

上述两种识别方法中，采用硬件中断识别方式可以随时响应键盘动作，具有较强的实时性，而采用软件查询方式则可以简化电路。具体实施应根据实际要求设计。与简易键盘电路相同，矩阵键盘同样要考虑按键触点闭合或断开时存在的抖动期，一般在取回键值后进行5～10ms的延时，判断原键值是否存在，以决定是否存在按键的误动作。

以下是可供CPU调用的键盘扫描程序，该程序可以读入4×4键盘状态，然后将键值送往内部数据存储器的RAM20H～23H单元。具体实施方法是，利用单片机P1口的P1.0～P1.3口线轮流向行扫描线送低电平，将每次扫描中由P1.4～P1.7返回的数据与当时行扫描送出的数据组合后作为键值送内部RAM的20H～23H单元，键值内容为8位，低4位中的“0”对应行扫描输出线，高4位中的“0”对应与闭合按键连接的列线。矩阵键盘处理程序清单如下：

```
INPUT-SCAN:MOV R0,#20H    ;设置键值存储单元地址指针
           MOV A,#0FEH    ;设置行扫描初始状态
SCAN:      MOV P1,A       ;输出至行扫描线
           MOV R1,A       ;保存行扫描线状态
           MOV A,P1       ;读回列线数据
           AND A,#0F0H    ;保留读回数据的高4位
           ORL A,R1       ;组合键值
           MOV @R0,A      ;键值送存储单元
```

如果采用硬件中断的键盘识别方式，本示例程序可以直接利用图7－11电路。当键盘上有键闭合时产生中断请求，CPU响应中断，在中断服务程序中调用上述程序。当采用软件查询的键盘识别方式时，图7－12电路中的"与"门可以去掉，由CPU定时或在空闲时调用键盘识别程序。

## 第三节　单片机LED数码管显示接口技术

为了实现人机交互，单片机应用系统通常配有显示器接口，主要显示元件采用LED（发光二极管显示器）或LCD（液晶显示器），显示形式有笔画式和点阵式。笔画式显示元件大多为LED数码管，用于显示数字或简单字母信息，适合于规模较小的单片机系统。如果考虑到单片机系统功耗因数，也有笔画式LCD数码管可供选用，但在控制和连接上要稍微复杂一些。

对于大信息量或图形显示一般使用点阵式LCD显示器，这种显示器结构比较复杂，还需要考虑灰度调节、高压背光的配合，电路连接及程序操作都比较繁琐。使用点阵式LCD显示器最好采用内置控制器的模组形式，在这种形式下单片机与点阵式LCD的接口实际上变成了单片机与单片机之间的数据通信。本节内容主要介绍笔画式LED和点阵式LCD的应用。

LED数码管由8只LED发光二极管构成，其结构如图7－13所示，8只LED发光二极管分别代表组成数码的笔画（称为段）和该位数码的小数点。由于显示的数字由7个显示段组合而成，所以也称为七段码。

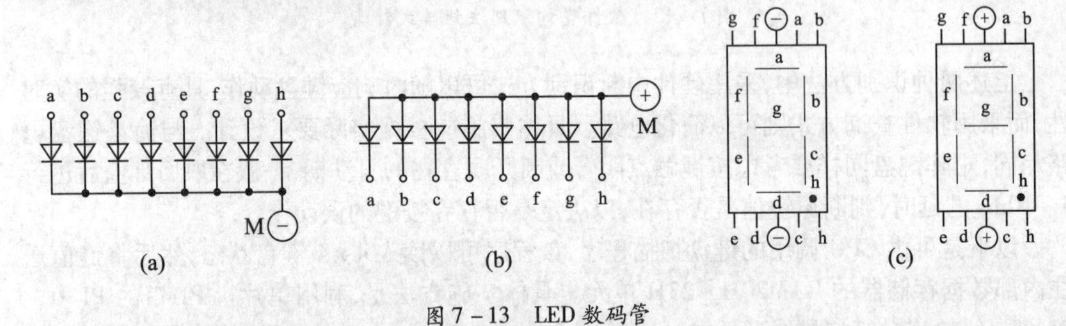


图7－13　LED数码管

如图7－13中画出的电路结构所示，在七段数码管显示器中为简化电路引出线，通常将8只发光二极管的阴极或阳极连接在一起作为电路的公共端，由此便出现了共阴极或共阳极显示器的名称，实际使用时采用高电平或低电平驱动。对于七段数码管的驱动电流应注意加以限制，在保证不超过单片机或其他驱动芯片功耗的前提下维持正常的发光亮度。

七段码LED显示器可以采用静态显示和动态显示两种形式。静态显示是指在显示时段内对组成字形的发光二极管保持恒定的导通或截止；动态显示是指在显示时段内对组成字形的发光二极管实行间断或轮流（多字符显示）点亮。其中前一种形式程序操作简单，CPU送出字形码后可以不再管理。而后一种显示形式则可最大限度地降低显示功耗，但是占用了CPU的执行程序时间。

## 一、静态显示接口

静态显示的主要特点是占用CPU处理时间少，显示稳定、亮度高，使用口线少。但在使用中应注意串口数据传送的格式及字符排位顺序。

如图7－14所示是由单片机与移位寄存器芯片74LS164构成的5位LED静态显示接口。单片机的P1.0作数据串行输出，P1.1作移位脉冲输出，当然用户也可以用其他I/O口。其中74LS164为8位串入并出移位寄存器，A、B为串行输入端，Q0～Q7为并行输出端，CLK为移位时钟脉冲，上升沿移入一位；$\overline{R}$为清零端，低电平时并行输出为零。采用如图7－14所示的静态显示接口电路，显示“89C51”控制流程图如图7－15所示。

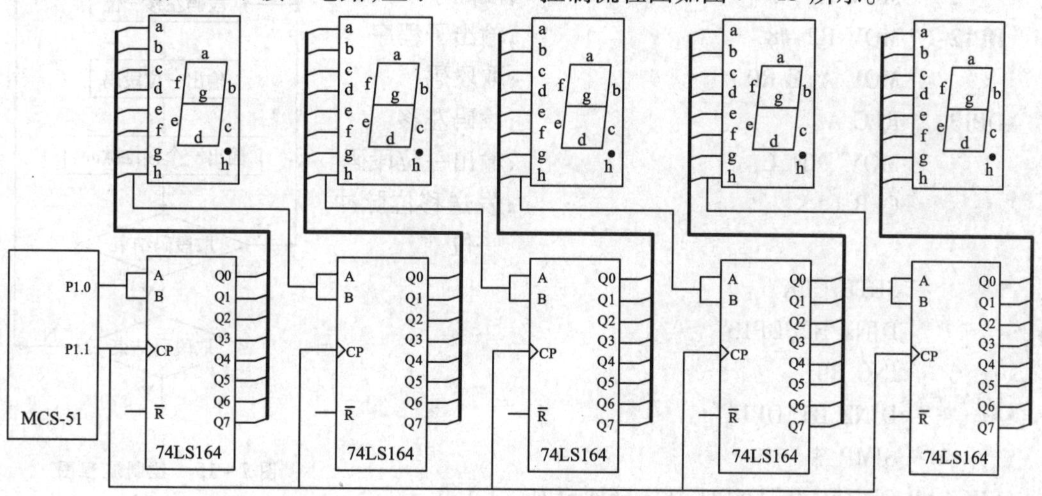


图7－14　5位LED静态显示接口

程序清单如下：

```
        DBUF0 EQU 30H                   ;置存储区首址
        TEMP EQU 40H                    ;置缓冲区首址
        DIN BIT P1.0                    ;置串行输出口
        CLK BIT P1.1                    ;置时钟输出口
        ORG 0000H
        LJMP START
        ORG 0030H
START:  MOV 30H,#8                      ;存入显示数据
        MOV 31H,#9
        MOV 32H,#C
        MOV 33H,#5
        MOV 34H,#1
DISP:   MOV R0,#DBUF0
        MOV R1,#TEMP
        MOV R2,#5
DP10:   MOV DPTR,#SEGTAB                ;表头地址
```

```
        MOV A,@ R0
        MOVC A,@ A + DPTR        ;查表指令
        MOV @ R1,A
        INC R0
        INC R1
        DJNZ R2,DP10
        MOV R0,#TEMP             ;段码地址指针
        MOV R1,#5                ;段码字节数
DP12:   MOV R2,#8                ;输出子程序
        MOV A,@ R0               ;取段码
DP13:   RLC A                    ;段码左移
        MOV DIN,C                ;输出一位段码
        CLR CLK                  ;发送移位脉冲
                                  一位
        SETB CLK
        DJNZ R2,DP13
        INC R0
        DJNZ R1,DP12
        SJMP $
SEGTAB: DB 3FH,06H,5BH,4FH,66H,6DH   ;0,1,2,3,4,5
        DB 7DH,07H,7FH,6FH,77H,7CH   ;6,7,8,9,A,b
        DB 58H,5EH,7BH,71H,00H,40H   ;C,d,E,F,,-
DELAY:  MOV R4,#03H              ;延时子程序
AA1:    MOV R5,#0FFH
AA:     DJNZ R5,AA
        DJNZ R4,AA1
        RET
        END
```

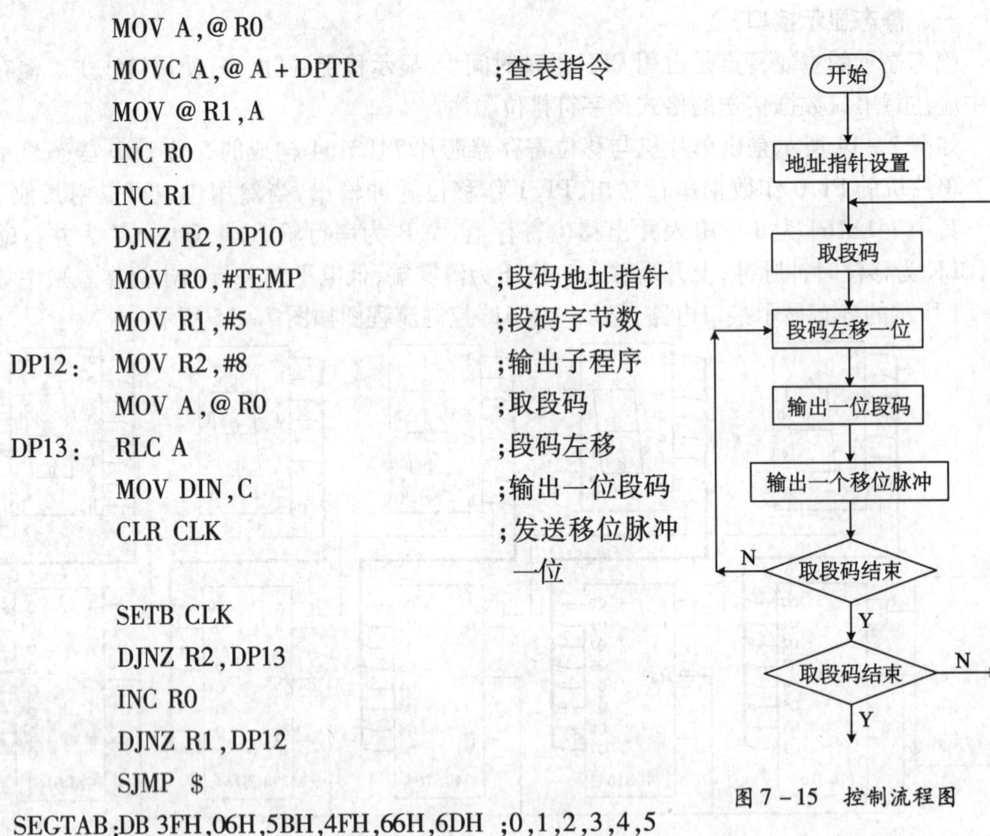


图 7 - 15　控制流程图

## 二、动态显示接口

采用多位 LED 数码管显示时,可以逐位点亮数码管,虽然在显示过程中有些数码管有熄灭时间,但是利用人眼的视觉暂留效应和 LED 发光二极管的余辉,只要点亮与熄灭时间分配适当,仍能够感觉到所有数码管始终处于显示状态。

动态显示形式时 CPU 需要经常执行相关程序进行显示刷新,这样可能占用较多的 CPU 执行时间,对需要快速运算或实时控制的用途会增加编程难度。但是,在实际编程中可以融入一些编程技巧减轻 CPU 刷新显示的负担。例如,将逐位显示程序编入经常调用的延时子程序中,就可以在执行正常程序的过程中满足动态显示的需求。

动态显示可以提高单片机显示口线的利用率,简化硬件电路的接线。LED 动态显示接口的具体电路如图 7 - 16 所示。在图示电路中设置了 4 位共阳极 LED 数码显示管,单片机

在P0口输出需要显示的字形码，通过74LS244与每一位数码管的段显示引脚连接，以低电平驱动数码管中的LED段发光。在P0口发出字形码的同时，P1.0～P1.3则对应输出低电平，选通与显示位数码管公共端串接的PNP型三极管，使该位字形得到显示。上述过程依次执行则可以轮流扫描显示各位数码管。

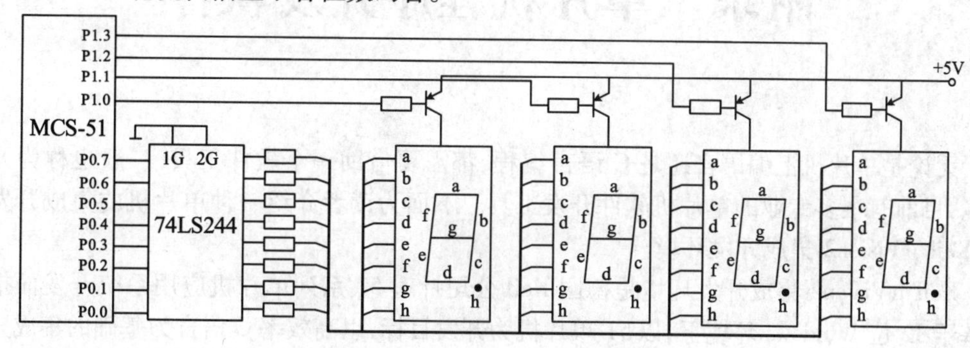


图7－16　LED动态显示接口电路

对应图7－16电路，设需要显示的4位字形七段码存放在单片机内部RAM的7CH开始的4个单元中，可以编写动态扫描显示子程序如下：

```
SDIS:MOV R0,#7CH            ;数据存储区指针
  MOV DPTR,#2000H           ;设置七段码表首地址
  MOV R7,#OFEH              ;设置显示位指针，指向最右边一位
  MOV A,R7                  ;显示指针内容送累加器
LD0:MOV P1,A                ;选通显示位
    RL A                    ;显示指向下一位
    MOV R7,A                ;存显示指针内容
    MOV A,@ R0              ;取显示内容
    MOV C A,@ A + DPTR      ;查显示内容的字形码
    MOV P0,A                ;送出显示字形码
    CALL DEL1               ;调延时子程序
    INC R0                  ;指向下一显示存储单元
    MOV A,R7                ;取显示指针内容
    JB ACC.4,LD0            ;未扫描完4位循环
  RET
  …
  ORG   2000H
DSEG1:DB C0H,F9H,A4H,B0H,99H,92H
                            ;0～9,A～F共阳极字形七段码
DSEG2:DB 82H,F8H,80H,90H,88H,83H
```

# 附录　单片机程序开发软件

无论是单片机汇编语言还是C语言编程，都需要借助一个软件工具，一般也称为开发环境，目前有很多专业的单片机软件开发工具。下面为读者介绍一种单片机的集成开发环境，Keil μVision2集成开发环境。

Keil μVision2集成开发环境是德国Keil公司针对51系列单片机应用系统开发而推出的基于32位Windows环境下，以51单片机为开发目标，以高效率C语言为基础的集成开发平台。如Keil C51 V7.20版，它主要包括C51交叉编译器和A51宏汇编等工具，还内嵌了单片机仿真调试软件，可以让用户采用模拟仿真和实时在线仿真两种方式对目标系统进行开发。软件仿真时，它可以查看程序变量、内部存储单元，以及模拟和查看单片机I/O口，定时器及中断的工作方式和设置，甚至可以仿真单片机的串行通信。本节将使用Keil C51 V7.20版，向读者介绍Keil C51集成开发环境的使用方法。

## 一、Keil μVision2安装

首先从专业网站下载Keil C51 V7.20版，将文件解压到相应目录下，双击安装程序setup，进入安装模式。它与一般软件安装过程类似，值得注意的是，当出现提示“Install Support…全新安装”和“Update Current Installation…升级安装”时，选择前者，并且在出现提示“Full version”和“Eval version”时，也选择前者。随后依次点击“Next－>Yes－>选择安装目录－>Next－>”输入序列号、姓名、公司等，安装完成后在Windows桌面上会出现一个Keil μVision2的图标 。

## 二、Keil μVision2应用

在Keil μVision2支持下开发单片机应用系统软件，一般需要经过以下几个过程：

创建工程→工程选项卡设置→新建源文件→添加源文件到工程→编译→仿真调试→下载。

Keil μVision2集成开发环境的功能十分强大，现通过设计实例向读者介绍该软件最基本的功能及操作方法。

1. Keil μVision2界面与工程创建方法

（1）Keil μVision2的工作界面如图1所示，主要由菜单栏、工具栏、源文件编辑窗口、工程窗口和输出窗口5部分组成。工具栏为一组快速工具图标，主要包括基本文件工具栏、建造工具栏和调试仿真工具栏等。

（2）创建一个新工程，首先须在菜单栏“Project”中选择“New Project”选项，如图2所示，此时会弹出“创建新工程”对话框，如图3所示，在此填入工程名，本例输入工程名“Test”，随后单击“保存”。

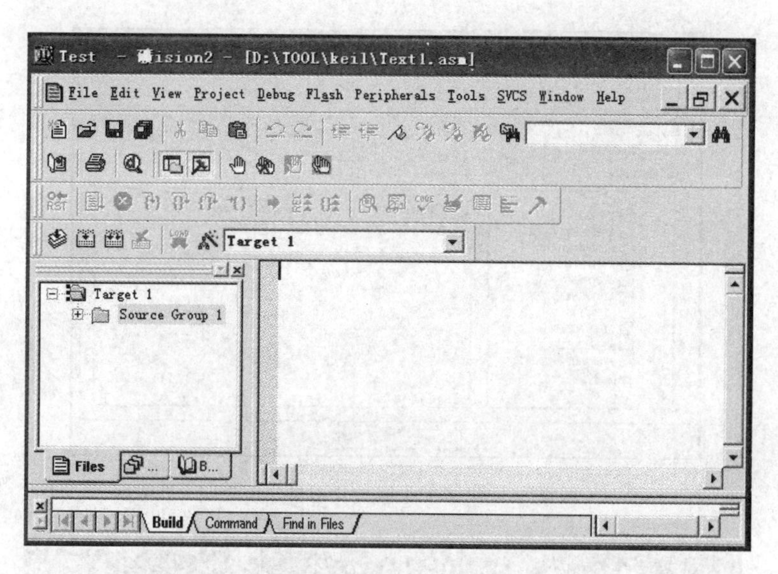


图1　Keil μVision 2 的工作页面

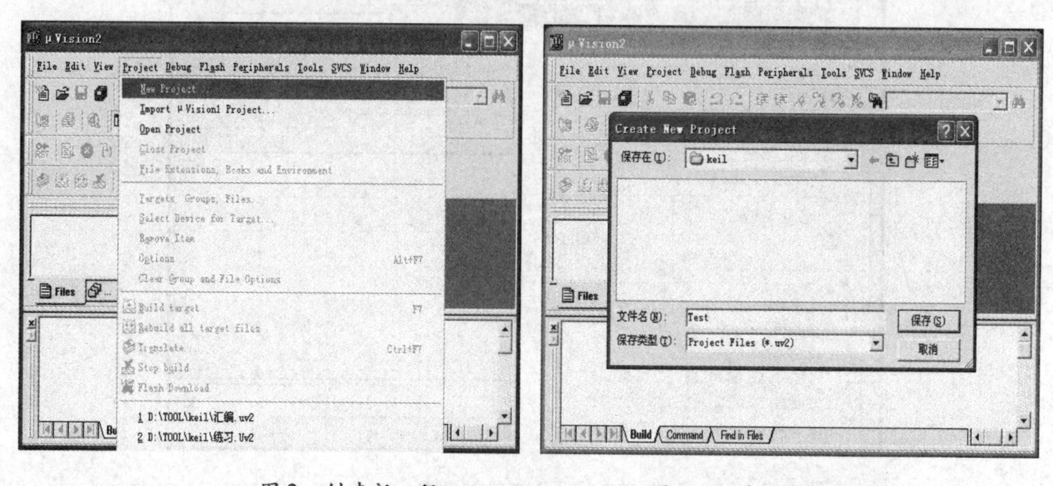


图2　创建新工程　　　　　　　　图3　保存工程项目(Test)

(3) 出现选择单片机芯片型号对话框,如图4所示,本例选择 < Atmel—AT89C51 > 单片机,随后点击“确定”,新工程创建即告完成。

(4) 建立一个源程序文档,在菜单栏的“File”中选择“New”选项,如图5所示,随后单击工具栏“Save”( )选项,出现存盘对话框,选择存储路径并输入文件名,本例以“Test. asm”为例。注意如果建立汇编文档,其后缀必须是“asm”或“a”。源文件存盘后应添加到所建的工程中。双击工程管理窗口的“Target1”文件夹,会出现“Source Group1”,如图6所示,鼠标右击“Source Group1”文件夹,选择“Add Files to Group ‘Source Group1’”选项,出现如图7所示对话框,选择源程序文档所在目录,并在“文件名”一栏输入所添加源程序文件名,本节以“Test. asm”为例,随后点击“Add”,这样一个源程序文档就被添加到工程中了,工程文件建立完成。

2. Keil μVision2 的工程设置与编译

工程建立完成后,还须对该工程进行设置,以满足相关要求。设置操作过程如下。

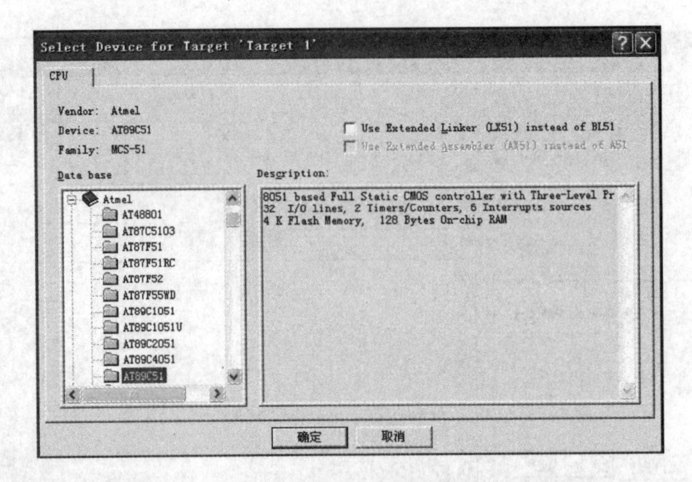


图4 选择芯片型号

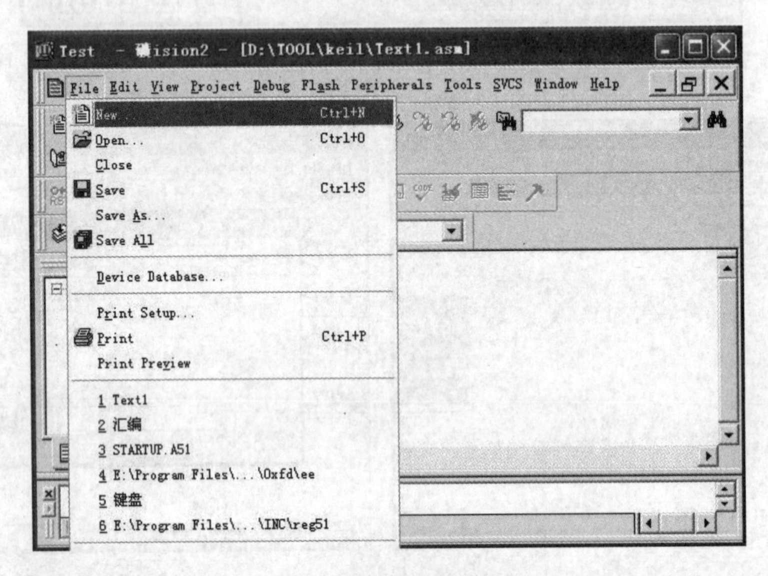


图5 建立源程序文档

(1) 鼠标右击工具窗口的“Target1”,选择菜单“Options for Target ‘Target 1’”,如图8所示,此时出现工程对话框,该对话框共有8个选项卡,只需对其中部分选项进行设置,大部分取默认设置即可。

(2) 设置对话框中“Target”选项卡,如图9所示。“Xtal(MHz)”后面的数值是晶振频率值,该值根据单片机晶振值所设,与生成代码无关,只与软件模拟调试时显示程序执行调试时间有关。

(3) 设置对话框中“Output”选项卡,如图10所示,其中“Create HEX Fi”用于生成可执行代码文件,如果需要写入芯片,此项必须选中。此外“Debug information”将会产生调试信息,如果需要对程序进行调试,应选中此项。其他选项取默认值即可。

(4) 工程设置对话框中的其他选项卡与C51编译选项、A51编译选项、BL51连接器的连接选项等用法有关,这里均取默认值,不作修改。

设定完成后单击“确定”返回主界面,工程文件设置完毕。当工程建立并设置完成后,

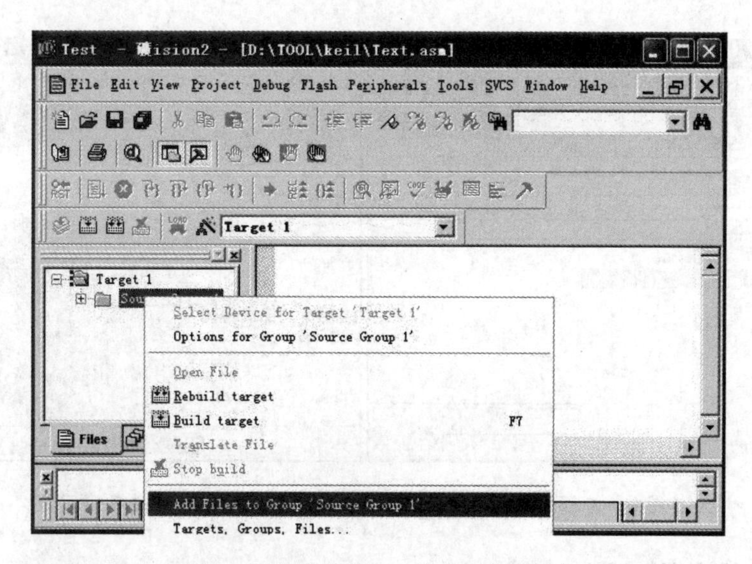


图 6　源程序文档加入所建工程项目中

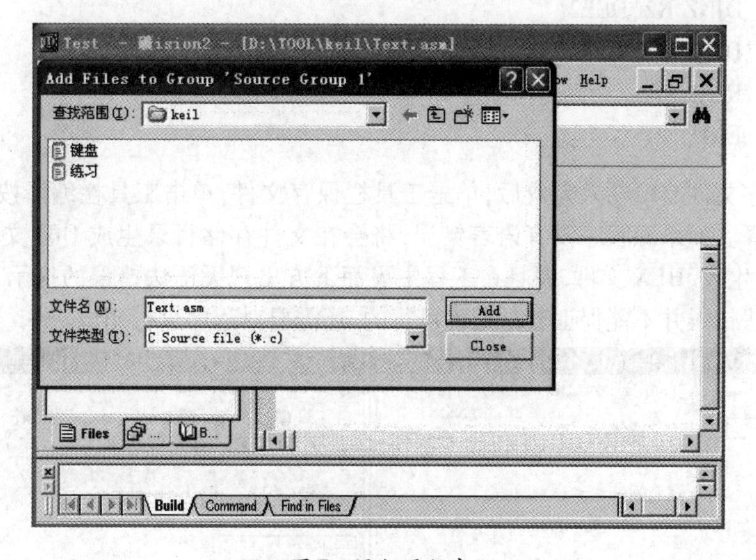


图 7　添加源程序

就可以对工程进行编辑(源程序文本)。以下为简单的汇编源程序:

```
        ORG 0000H               ;P1 口输出实验
        LJMP START
        ORG 0100H
START:  MOV A,#0FEH
LOOP:   RL A
        MOV P1,A
        LCALL DELAY             ;延时 0.1 秒
        JMP LOOP
DELAY:  MOV R1,#127             ;延时 0.1 秒
```

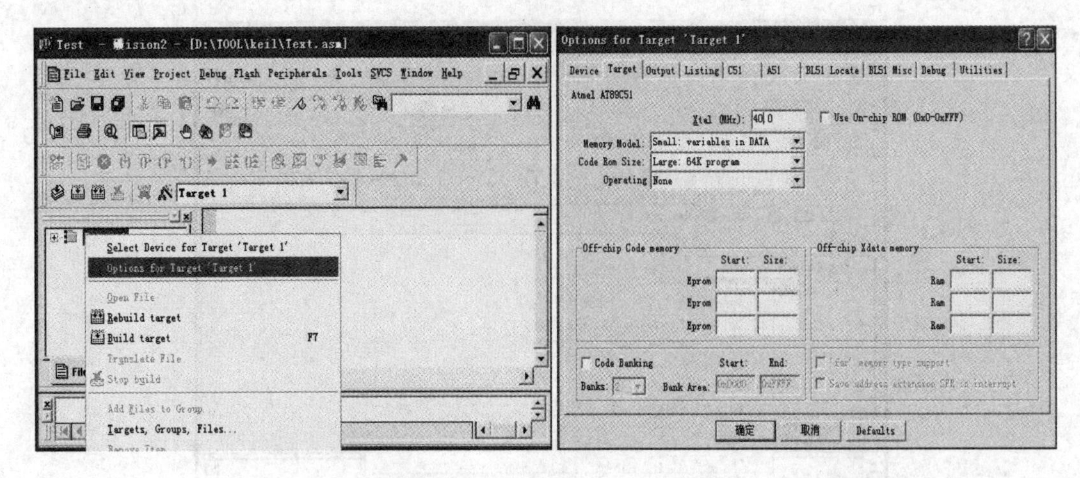


图 8　工程文件设置　　　　图 9　Target 选项卡设置

```
DEL1:  MOV R2,#200
DEL2:  DJNZ R2,DEL2
       DJNZ R1,DEL1
       RET
       END
```

当源程序文件编辑输入完成后,单击工具栏保存文件,单击工具栏编译按钮“ ”,对文件进行编译。如果源程序没有语言错误,将会在文件存储目录生成 OBJ 文件,同时如果设置正确,会生成.HEX 文件,并且在工程主界面下方出现无语法错误的提示,如图 11。源程序没有语法错误并不能保证就是正确可行的,还需要对程序进行调试。

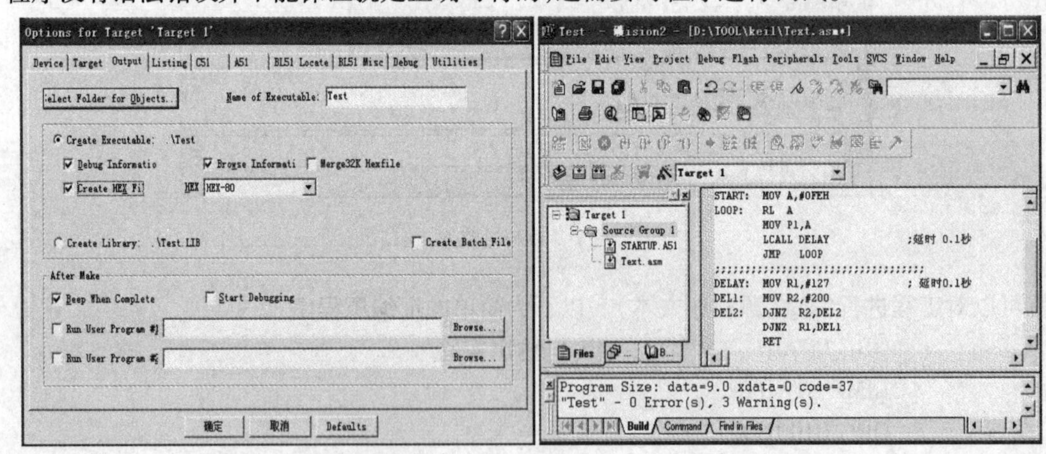


图 10　Output 选项卡的设置　　　　图 11　程序通过编译

3. Keil μVision2 的软件仿真调试

程序的仿真调试,对于一个程序的开发来说,是必不可少的。它可以检查程序中看不见的错误,因此必须熟练掌握软件仿真调试的基本用法。

当文件编译通过后,点击主界面工具栏的“ ”图标就可以启动调试环境,如图 12 所示。进入调试状态后，界面与编译状态有明显不同，工具栏中多出一个用于运行和调试的工具栏。如图 13 所示工具栏上从左至右依次是“复位”、“运行”、“暂停”、“单步运行”、“过程单步运行”、“单步执行到函数外”、“运行到光标处”、“下一状态”、“打开跟踪”、“观察跟踪”、“反汇编窗口”、“观察窗口”、“代码作用反问分析”、“串行窗口”、“内存窗口”、“性能窗口”、“工具按钮”、“断点设置”、“删除断点”、“开启或暂停光标处断点”、“暂停所有断点”。在调试过程中，如果发现程序有错，可以直接对源程序进行修改，但要使修改后的代码起作用，必须退出调试环境（点击工具栏的“ ”图标即可），重新进行编译。

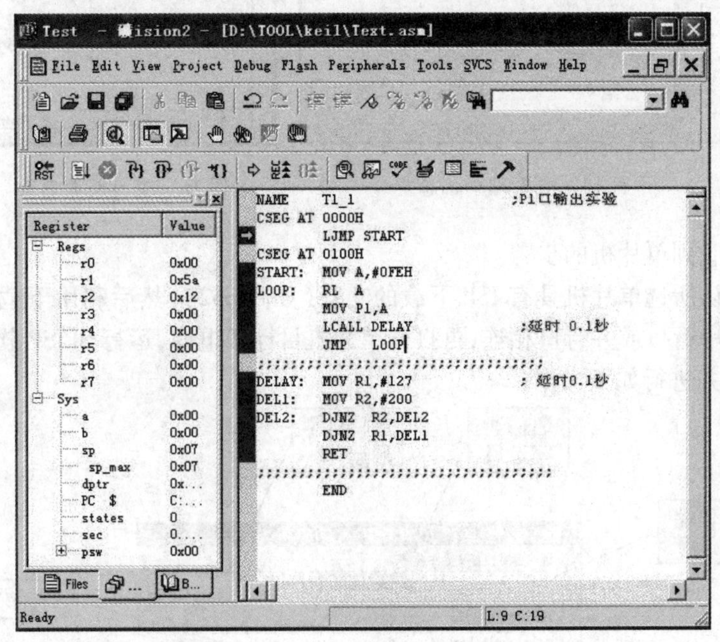


图 12　进入调试仿真环境

RST

图 13　调试工具栏

此外，Keil 软件在程序调试时可随时观察寄存器及端口、存储器的变化，如图 14 所示，左面窗口显示了系统内部寄存器。点击任务栏“Peripherals” 选项，可以选择打开中断、I/O 口、定时器等状态窗口。另外，点击调试工具栏的观察窗口“ ”，可以查看程序中所设变量的变化情况，如图 15 所示，便于程序的调试。

另外，在调试工具栏中，还有其他调试工具按钮，此处不一一列举，读者可在调试过程中加强对其的理解。灵活掌握调试工具，有助于高效率地进行程序的调试。

## 三、程序代码下载

在源程序编写完成并经过仿真之后，一般还需要进行硬件的调试或测试，然后即可将程序代码下载到单片机芯片中运行。当然也可利用仿真器将计算机连接到单片机目标板，观察程序运行时的外在现象，进行软硬件联机调试。本节以双龙公司的 ISP 下载软件为例，说

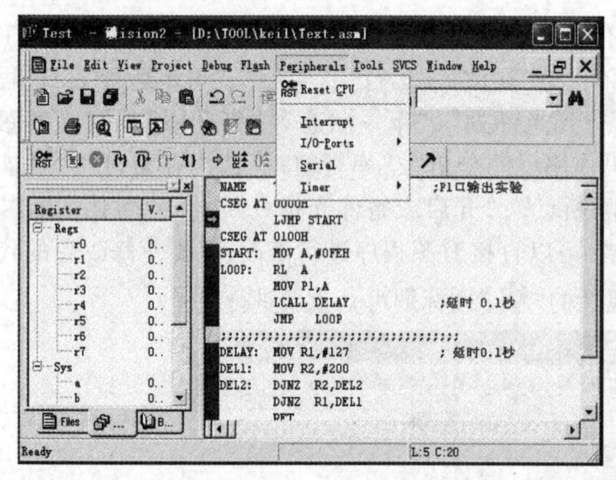

图 14 查看端口状态窗口　　图 15 变量观察窗口

明程序代码下载到单片机的步骤。

首先应确认所选单片机具有 ISP 下载的功能(如 89S52),然后利用下载线将单片机目标板与计算机串行口或并行口相连,再打开单片机目标板电源,运行 SLISP 软件(如图 16 所示操作界面),并进行如下操作:

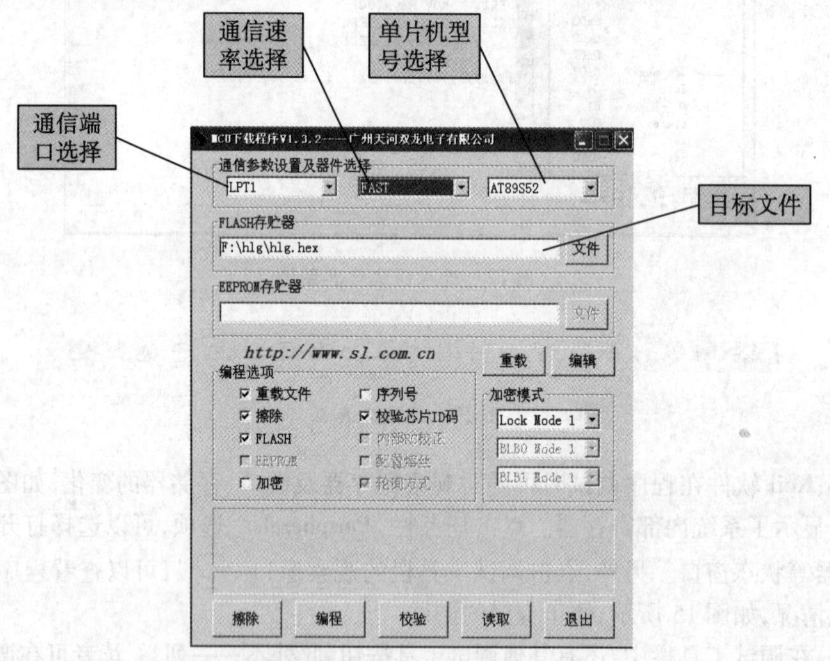


图 16 SLISP 编程界面

(1) 根据实际连接方式选择通信端口,如 LPT1 表示利用并口连接。

(2) 选择速率,默认为 FAST。

(3) 选择单片机型号,如 AT89S52。

(4) 选择目标文件,单击“文件”按钮,选择编译后的. HEX 或. BIN 文件。

(5) 在编程选项中选中“重载文件”、“擦除”、“FLASH”、“校验芯片 ID 码”前面的复选框。

（6）点击“编程”按钮,即可将程序下载到单片机中。

程序下载到单片机后,即可观察硬件的运行情况,并根据实际运行再次修改程序。需要注意的是,由于AT89S52单片机的ISP接口与P1口共用,所以在运行P1口的程序时应将下载线取下,否则可能会影响程序的运行。